冰心

儿童图书奖获奖作家作品

最后的愿望

品味人间亲情　感知世间冷暖
点燃生活激情　实现文学梦想

尹全生 编

成都时代出版社
CHENGDU TIMES PRESS

图书在版编目（CIP）数据

最后的愿望 / 尹全生编 . —— 成都：成都时代出版
社，2014.9
（冰心儿童图书奖获奖作家作品）
ISBN 978-7-5464-1161-3

Ⅰ . ①最… Ⅱ . ①尹… Ⅲ . ①小小说 – 小说集 – 中国
– 当代 Ⅳ . ① I247.8

中国版本图书馆 CIP 数据核字 (2014) 第 226476 号

最后的愿望
ZUIHOU DE YUANWANG

尹全生 编

出 品 人　石碧川
责任编辑　李　佳
责任校对　李卫平
装帧设计　欧阳永华
责任印制　干燕飞

出版发行　成都时代出版社
电　　话　（028）86621237（编辑部）
　　　　　（028）86615250（发行部）
网　　址　www.chengdusd.com
印　　刷　三河市天润建兴印务有限公司
规　　格　710mm×1000mm　1/16
印　　张　12
字　　数　220 千
版　　次　2014 年 11 月第 1 版
印　　次　2014 年 11 月第 1 次印刷
书　　号　ISBN 978-7-5464-1161-3
定　　价　23.80 元

目　录

沈祖连卷

渡　口　　　　　　　　　　　3

五婆的鸟巢　　　　　　　　5

挑果卖的女人　　　　　　　7

青山秀水　　　　　　　　　9

豆　叶　　　　　　　　　　11

家有马齿苋　　　　　　　　13

试　工　　　　　　　　　　16

发黄的笔记本　　　　　　　18

母　亲　　　　　　　　　　20

五哥当兵　　　　　　　　　22

妻子离家的日子　　　　　　24

养猪卖猪　　　　　　　　　26

修理铺前　　　　　　　　　28

对面的女人　　　　　　　　30

豹　三　　　　　　　　　　33

大伯进城　　　　　　　　　　　　35

黄鳝头　　　　　　　　　　　　　37

药　渣　　　　　　　　　　　　　40

祖传秘方　　　　　　　　　　　　42

东窗和西窗　　　　　　　　　　　44

第二届家委代表大会预备会纪实　　47

抓　贼　　　　　　　　　　　　　50

做一回上帝　　　　　　　　　　　52

郁葱卷

钻石鼻钉　　　　　　　　　　　　57

妈妈的忠告　　　　　　　　　　　60

特别的生日礼物　　　　　　　　　62

飞进屋里的蝴蝶　　　　　　　　　66

甜蜜的咸咖啡　　　　　　　　　　69

她，他和"她"　　　　　　　　　　71

钻石耳环　　　　　　　　　　　　74

并非童话的婚姻　　　　　　　　　77

樱桃树　　　　　　　　　　　　　80

幻　灭　　　　　　　　　　　　　85

日出时的相会　　　　　　　　　　88

不朽的爱　　　　　　　　　　　　90

世上最好的饺子　　　　　　92

爱不应该有条件　　　　　　95

他连墙都看不见　　　　　　97

布姆巴与盲姑娘　　　　　　99

王海椿卷

唐小虎的理想　　　　　　103

童年的歪房子　　　　　　106

古　　陶　　　　　　　　108

菜花黄时　　　　　　　　110

波奇的愿望　　　　　　　112

伙　　伴　　　　　　　　114

宾尼的铃铛　　　　　　　117

祖父的酒壶　　　　　　　119

唱歌的冰棒　　　　　　　121

法官杜恩和泰金拉　　　　123

保姆阿珠　　　　　　　　126

暖　　冬　　　　　　　　128

老杜爱上海　　　　　　　130

石　　匠　　　　　　　　133

白　　莲　　　　　　　　135

信　　缘　　　　　　　　137

魏金树卷

谁偷了曹操同学的手机   141

躺在地上不起来   144

你不该找一个丑男人   146

人与猴   149

看谁踩上西瓜皮   151

夜　遇   153

无　敌   155

伤心青菜   159

老婆是个醋坛子   161

你想让谁给理发   164

新鞋子旧鞋子   166

李老蔫   168

最后的愿望   171

邮局门口的疯子   173

洁的故事   175

患难夫妻   177

永远的爱   180

美丽的谎言   182

仙树显灵   184

沈祖连，笔名申弓，中国作家协会会员，广西小小说学会会长，中国微型小说学会理事，钦州市作家协会副主席。迄今已出版《做一回上帝》等7部作品集，其中，《男人风景》获广西最高创作奖铜鼓奖，《男人风景》《申弓小说九十九》分别获郑州小小说学会第一、第二届优秀文集奖，《前朝遗老》获2008年第六届全国小小说年度评选二等奖。2002年荣获"中国当代小小说风云人物·小小说星座"称号，获中国小小说"金麻雀"奖，2009年获冰心儿童图书奖。

沈祖连卷

渡　　口

　　三岔村对面是蚌埠，当然不是安徽省那个大蚌埠。三岔村与蚌埠仅一河之隔，那河发源于博白的虎头水库，到了这里叫水东河，也不知流淌了几世几代，河身是直了弯，弯了直，河水是涨了退，退了涨，虽不如长江黄河的浩大，倒也养育了一方人众。

　　过河的交通工具便是渡船。

　　蚌埠那边较偏僻，上街入市得过河来，从三岔口上走，或骑车或乘车。每遇河水满涨，挺不方便，近来人们嚷嚷：得建座桥。

　　要建起桥梁，那这渡船便只好进博物馆了。

　　渡船是三岔村这边的，木头船也是换了坏，坏了换，也不知换过几只几趟，传了几世几代，这一代传到了德丰大叔。

　　这德丰也怪，把守一个小渡，无论过往什么人，总要收取五分钱，他可是认钱不认人的老头。

　　德丰已五十有六，还是孤身一人。他不是没有成家的机会，三十三岁那一年，有好心人给介绍了一个离了婚的女人。平心而论，那女人倒有几分姿色，只是她上错了一次船，这次无论如何也要慎重行事了。相识这一天，她多了个心眼儿，早早来到渡口。

　　德丰刚从对河返来，早看见一个风采女人亭立河岸，直看得他把船头撞入乱草之中，才惊醒过来。

　　女人一言不发跳上了船，殊不知船小体轻，女人往里一侧，一时失重，就要往水里倒，德丰忙伸出有力的大手把她扶住，一手挽住了女人的肉腰。女人站稳了，面红乎乎地向他投过来感激的一瞥。

开端是良好的。没想到这德丰规矩难改，船到江心，一篙立住，把女人吓了一惊：

"怎么？"

"先收钱！"

"靠边不行？"

"这是我的规矩！"

"多少？"

"五分！"

"那再撑我返去！"

"那得一角！"

突来的变化，女人头也不回地走了。事后德丰才知道是那么回事，在河里足足拗断了三根船篙。这事足足被人们作了二十多年的笑料。

这艄夫确实怪，那次发大水，已经没有了河。大水从三岔村一直漫到了蚌埠，滔滔滚滚的，在这种情况下，小船只能歇渡了。不想对河的一个县里干部，接到父亲病危通知，偏这时赶到，找到了德丰，求他无论如何也要渡过去。德丰心软，答应了，还找了阿狗牯作帮手，给了把木档，叫阿狗牯在船头扒拉。他一支竹篙在后面定方向，硬是冒着生命危险，把这干部送了过去。干部出于感激，递给他们每人十元钱，德丰也只收五分，多一分也不要。

听说对河要修桥了，面临失业，他不悲哀？

说不清，反正他现在是变本加厉了。四月水枯，人可以卷高裤腿过河。他却到虎岭来个力大无穷的外甥，一把沙耙，外甥在前面拉，舅在后面推，硬是把个河心掏出了一道齐胸深沟来，照收五分不误。

果然，测量队来了，水泥钢筋也运来了。这德丰却干了一件惊人的事：竟搬出他这么些年的十二本存折，拱手交给了对河的蚌埠村长，然后驾着那一叶小舟，顺水而下，谁也不知道他到哪里去了。

五婆的鸟巢

　　五婆的后园有棵细叶榕，足有两座房子高。树上安了个鹊窝，全是枯枝垒成。那窝是喜鹊垒的，可喜鹊一年只七月七才回来繁衍，于是斑鸠便来住现成的。好在斑鸠的最后一窝仔正好又在七月七以前离窝，于是鹊巢鸠占，也两不误。

　　先时，这个鹊巢挺热闹，特别小鹊出世之后，每天"喳喳"的叫食声不绝于耳，五婆听来并不心烦。相反，要一时没听到那小鹊的叫食声，她还心不踏实，总要放下手中的活儿，跑到树下去张望，直到那窝里有了动静，才心安理得地回来，或烧火，或喂猪，或挑水，劲头足，步子轻。

　　五婆说，那鹊是护人的，护旺不护衰。

　　的确，那些年，斑鸠喜鹊年年来，一窝窝的小鹊在那巢里孵出、长大、飞走，五婆家里也人丁兴旺。五婆的二儿子还在省里一个研究所当工程师。

　　可是，五婆那个淘气的头孙康仔，在那年中秋，偷偷爬上树去，把一窝小喜鹊掏了下来，用黄泥浆裹着，捡枯枝烧火煨了。五婆闻知，走到火旁，一边喊"罪过"，一边流涕不止。

　　"你这个折堕仔，真够折堕了，那小鹊犯着你什么了？"特别看到那两只喜鹊扑棱着翅膀在树上转呱，她心更难受。

　　小喜鹊被掏后，五婆便失去了往时的踏实，心里总忧愁，总感到似乎家里就要出事。五婆还偷偷到圣真庙烧了三回香，求大王公保佑家道平安。

　　不幸的事终于还是发生了。那一天晚上，省城里的儿子被剃了个光头遣送回来。五婆一见，母子俩抱头痛哭了一场。母亲说："都是康仔不好，把喜鹊窝给掏了，才有今日。"儿子却安慰母亲说，他是回来接受再教育的，过去难见母亲一面，现在可好了，能朝夕相处了。怎么好责怪侄子康仔？

话虽这么说，可五婆就是对康仔耿耿于怀。

更糟的是，队里开什么批判会，那帮吃了豹子胆的后生，竟然爬上榕树，把那个大鹊窝扒了下来当柴烧，足有一大捆，火焰烧得冲天高。

又是春暖花开，当是斑鸠孵头窝仔的时节了。可是，那对斑鸠在树上转悠了一会儿，便一去不回头了。五婆的心觉得惨然。

七月七过去了，喜鹊给牛郎织女搭完了桥，也回到了大地。那对喜鹊也转悠了一会儿，终于又是一去不返了。五婆的心酸透了。

她看儿子虽然同她朝夕相处，可眉头总皱皱的，知道儿子心里不好受，可她没有办法。

五婆无事总要在榕树下等待。她要等待那飞走了的斑鸠，她要等待那久违了的喜鹊。

康仔从学校里回来。袖上套了个红箍箍："阿婆，你看，我入了！"

"谁稀罕！"

"阿婆，你还生我的气？"

"喜鹊不回一天，我都不认你这个畜生，是你害苦了二叔！"

"阿婆，话不能这么说，你知道么，二叔在城里是反动权威！"

"反你个蛋！我的儿子我心里还没数！再说我撕你嘴丫！"

"好，我不说，我不说了！明天，把它们给你请回来还不行？"

"什么！你能请回来？"

"我上去给它们垒个窝。"

康仔说到做到，在林子里折了一捆枯枝，爬上那棵细叶榕，半天工夫便把鹊窝给垒好了。

冬天过去了。花开风暖了。又到了斑鸠孵仔时节。五婆便天天在等待那对斑鸠回来，可是，一天，两天，三天，连个影子也不见，怕是它们早忘了。

虽然，五婆的儿子已经回了省城，可她还是忧心忡忡的。

为何总不见我的斑鸠回来呢？

挑果卖的女人

一家红红火火的厂子，说停就停了，没有过渡，也没有商量的余地。她本来是以厂为家的人，可现在"家"散了，偏偏年纪也大了，再没有其他特殊本事。她找了几个月，问遍了小城的数百个单位，就没有一家愿意接收。也难怪，本已是僧多粥少，谁要你这"明日黄花"？她这才认识了什么叫人老珠黄。

重新工作是没有可能了，可肚子不可以停业。想来想去，她决定自谋职业。她想开一个店，可一因缺资金，二因没场地，终没开成。想来想去，最后还是决定挑果上街卖。

这挑果卖倒也简单。天亮来到水果批发市场，要了一担雪梨，一肩挑上，沿着大街小巷叫卖。倒也实际，既不用太大的本钱，也不要固定的场所，方便了顾客，把果子都送到了人们的面前。起初几天，还算不错，走不出三条街巷，一担果子便已卖空了。这无疑给了她谋生的信心和勇气。可她慢慢地发觉，当她沿街叫卖时，分明是像她一样叫卖的也增多了，都是天涯沦落人，现在谁也不容易。因而她也没有多大的计较，其实计较也没有用。不过，那果子是一天比一天难卖了。说难卖也不切实，其实销果量还是不少的，只是慢慢地，好像卖果的比买果的多了。

由于做的人多了，也就引起了管理部门的重视。起初她挑卖是不收任何费用的，现在却不行了，只要你一放担子，那穿制服的就来到面前，哧地撕下一张票子，动辄三元五元，不由得你不交。

　　这天，她挑着担子，都走过了五条街道了，还未卖出几斤，那担子便像是越来越重的了。树荫下，她放下了担子，歇歇脚，喝了口自备的开水，猛见那穿制服的出现了，慌忙挑起担子就跑。"制服"却穷追不舍。毕竟挑担的怎么能跑得过空手的？未出三十米便被赶上了，伸手一拖，一个篮先落下，扁担从头顶飞过，另一个篮也落下，那果子滚了一地。"看你往哪里跑？""蓝制服"给她撕了三元的票。她摸遍了衣兜，掏不出钱来，蓝制服便缴了她的小秤，扛着她的扁担走了。可怜的她，弓起腰来满地收拾那些果子，眼里噙着泪水，特别看到那果被摔得一个个黑印，她真想大哭一场。

　　街边木匠店的师傅见了，走过来帮她收拾，然后找来一根木棍："阿姨，不要哭了，就用这木棍挑吧，虽然硬了点，凑合着用吧。"

　　我下班路过这里，这一幕都被我看到了。可这种事是不可以见义勇为的，唯一的行动就是买她的果，让她减轻点负担。便走到她的跟前："阿姨，这果卖给我吧。"

　　只见她抬起了带泪的眼睛："你要？要几斤？"

　　"全要了。"

　　"不过，我刚才不小心摔坏了，这果留不长的，你要那么多做什么？"

　　"这个你就不用管了。"

　　"再说我也没带秤啊。"

　　"那就整担卖吧。"

　　"不了，不卖了。"说着，阿姨用木匠送的木棍挑上果担，缓慢地走了。

　　一点儿忙也帮不上了。看着阿姨的背影，便只好在心里默祝：阿姨，会好的。

青 山 秀 水

李六这天放了自己的假。

李六原本很忙，一旦放了假，便不知道做点儿什么好。

李六拿了钱包，信步出来。李六看见一辆大巴，上面打有牌子：十万大山。李六心一动，好，进山。

李六便向大巴举起了手。

李六上了车。他也说不清要到山里去做什么。休闲吧。

大巴驶出了市区，拐进了一条黑油油的路，那是县与县之间铺成的柏油路，新，或者是因为昨夜下了雨，路面一个劲儿地变黑，黑得泛了油光。

李六的心情挺平静，就平静得像路旁那清水塘一样，连点儿微波也没有。

李六放眼看去，一车的座位几乎坐了个满，只剩下最后一排空着。车上各人想着各人的心事，似乎他的上来，并没有引起什么反应，无非是多了个乘客而已。

李六喜清静，便在最后一排坐了下来。

大巴七拐八拐的，进了山路。李六知道，他们是已经进入了十万大山的范围了，只见两旁山水拥夹，那道路便狭了、弯了、崎岖了。那山头有点儿神出鬼没的，远远地挡住了去路，而当大巴来到面前，它便退开了，又在远处设置着障碍，总是让你看不到头。

一会儿，李六只感到一股的清凉。放眼窗外，竟是一条山溪，那水清得见底，看下去水里有天、有树、有花。李六突发奇想，便大叫一声"停车"。

司机不知发生了什么，急急地将车停下，一车人都回头看着李六。

李六也感到了不好意思，说："对不起了，请在这里等我一刻钟好吗？"

"等你一刻钟？你是说，要我们一车的人都等你一刻钟？"

"是的。"

"笑话！你有天大的事也不可能叫我们全车的人等你呀。"

"神经。开车！"不知是谁不屑地喊出了大家的心声。

"不。"李六站了起来："我求各位了，我是外地来的，我有个心愿，就是要亲自体验这十万大山的山和水。你们看这条清溪，我敢说是在中国少有的，我只想下去泡一下，顶多是十分钟吧。望各位能体谅，就让我遂了这个心愿吧。"

"神经病。"司机在大家的催促下挂上了挡，就要启动。

李六急了："不要。事情还可以商量嘛，只要大家能等，我给每人十元，怎么样？"

"好啊。"金钱面前，有几个山里人模样的心动了。

"笑话，十元钱就想买我们一刻钟了？走吧，不要理这个神经病。"

"那么，每人 100 吧。"李六一下子把价钱提高了十倍。

"那还差不多，"司机发话了，"各位，我看就将就一下，让这位先生遂个心愿吧。"

"好。我同意。"

"我也同意。"于是，一车人竟没有一个反对了。

李六便笑着下了车，从高高的溪岩上猛地往下一跳，"啊"地叫出了声来，妻子忙将他推醒："你发什么神经？"

"都怪你，我做了个十分有趣的梦，让你给搅了，可惜了啊。"

醒了的李六，陷入了深深的思索之中——这人啊，真他妈的有意思！

豆　叶

县委书记要下来，而且说要到我们村里来。这可忙坏了一批人，镇书记及镇长亲自下来布置了接待工作，并留下了办公室刘主任在村里坐镇。村主任和村支书更是转陀螺一样，被刘主任支使得脚不沾地。

你听一听我们村这个名字就会知道这事的稀罕了：鸭屎垌，还有比这更土的名字么？由于偏僻，历来都是天高皇帝远。离县城离省城有多远，乡民们不大清楚，就是去最近的镇上，也得走上半天的路程。以往是骑马坐轿，官爷们都不肯进来，现在坐车了，可那车就只能到镇上，见谁舍车徒步几十里？现在听说新任县委书记要来，怎么不稀奇？

才下过雨，村里一片泥泞。刘主任说不行，不能让书记陷了鞋，便指挥村主任，发动群众到沟河里挑来河沙，将村路填上。你别说，站在村头看去，那黄沙铺就的路面，还真像模像样呢，踩在上面，只觉一路嚓嚓，别有一番情趣呢。

再下来是房间。书记说要在村上住一夜。村里既没招待所，也没旅社。村委会就只有三间瓦房，左边的一间腾给了五保户大脚鸭，右边一间圈了牛，中间才是办公室。说是办公室，其实被一些杂物塞满了，办公桌旁边，一架休闲的打谷机，还有抽水机，烂箩烂桶，几乎塞满了过道。推开了门，一股霉味儿涌过，刘主任不由得捂了鼻子说："不行，这些东西统统搬走，大脚鸭也要转移，牛栏更要撤走。"

遵照刘主任的指示，半天之内，三间房便腾出了两间。大脚鸭苦于没地安置，便留了下来，不过规定了，他那门不能敞开。且在门前直到大路，铺了一层河沙，并用石灰将四壁粉刷一新。那铺盖来不及回镇上要了，便找到了一家准备娶媳妇的，暂借他们的新被新席新枕。这家人倒也爽快："行，书记能来这儿住已经是难得的了，不就是一夜吗？"便自动给搬了来。

吃的更让刘主任上心了。村委会没有饭堂，村上也没有饭店，让书记到谁家吃好呢？刘主任倒是颇费了一番心机。叫人从镇上送嘛，一来离镇太远，二来似乎也显得生分。到村主任家或者村支书家吃，听说书记早交代过，要跟老百姓在一起。随便下一个农户家吧，那些农户可都是每天早上一煲粥吃上一整天的，让书记吃大锅粥，也不行。那么置一套炊具，派个厨师来吧，似乎又是小题大做了。正在刘主任感到犯难时，小寡妇莫愁来了："主任，就让书记到我家去吃吧，我保证能让领导满意。"

刘主任看了看这莫愁，人长得伶俐清爽，虽然名声不大好，可一想没有更合适的人选了，便点头同意了。刘主任是出于这种考虑，起码这小寡妇的家也比别人家卫生吧，再说，不就是两餐饭吗，又不用到她家去住。于是，小寡妇便乐颠颠去找菜了。

午时刚过。书记便在镇长及镇书记的陪同下踏上了鸭屎垌。由于车子开不进来，三位领导都是一步步地走来的。一村的人都在大晒场上看热闹。镇书记及镇长他们见过，唯有这县委书记，在他们看来，已经是大的不得了的官了。到底大到什么程度呢？大家都在寻找着下江南的乾隆皇帝形象，戏里他们看过了，这现实呢？谁不想争睹一下大官的风采呢？

村主任把书记带到了村委会，书记推开了左间的偏房，一眼看见大脚鸭正在吃东西。书记看了大脚鸭的食物，那桌上有盘棕蓝色的食品，书记说："这是豆叶吧？"

大脚鸭停下了进食，瞪着张惶的眼，见书记问，便说："是的，是粉豆叶。"

书记拿过筷子，夹了一夹，往嘴里一塞说："主任，今晚就在这儿吃粉豆叶。"

"这……"刘主任及一干人都意外地一愣。

唯有外围看热闹的骚动了起来："书记也吃豆叶？好，我家有，我这就去摘。"

"我家也有。"

也有的说："看来不像乾隆爷。"

家有马齿苋

也许是在农村苦惯了，一旦进了城，便什么苦也不怕，甚至一个劲儿地往苦里钻。奋斗十几年，哈，竟被上司看中了，这不？年前下了红头文件，我就是一局之长了。

我的这个局，虽然是个清水衙门，可毕竟是个局呀，设有办公室、社会科、艺术科、管理科，还有财务科，真可谓麻雀虽小，也有五脏了。我们的职能渗透到整个社会，自然每天与各种阶层、各种人等打交道：人家来找我们的，我们去找人家的，每天都在发生。

当了局长，忙是忙了许多，可也有一份前所未有的乐趣。其中最惬意的就是吃饭。自从坐上了这个位置，我家里的饭厅就形同了虚设。每天还不到下午三点，就有人来预约，今晚在哪里哪里，不见不散。这么说好像有点儿情人约会的意思，其实不然，这些饭局，有的是别人请我们，在迫切之中，加上这一句，多少带点儿戏谑的成分；有的是我们请别人，由办公室作安排，风趣的办公室主任也有意加上这一句，也没有什么，目的只是让我开心。

最实际的是，这些饭局，大都不用自己掏钱，只管带着一个庞大的肚囊进去，什么大鱼大肉，三珍八禽，水上游的，山上爬的，四条腿的，八只脚的，应有尽有，还有好烟好酒。说实际的，我这个局长就是这段时间才见识了那些人头马、轩尼诗、XO、白兰地、茅台、酒鬼、五粮液、剑南春，以及几十元一根的大中华、红玉溪，高兴时，还可以到厅中厅里去 OK 一番，或者让服务小姐捶捶骨推推拿按按摩。

不要见笑，我这局长实在是土冒。

我给自己定了规定，吃，尽情地吃。只要不拿，我们党的反贪政策里，只有拿的被查处，而从未见吃的翻船。

吃。这一吃，未到一个月，体重便剧增了三十多斤。以致回家的时候，老婆也戏谑地说胡司令回来了。看，我都快成了沙家浜的胡传魁司令了。

更严重的是，局里经费赤了字，然而，接待费还在一个劲儿地增加增加，虽说吃喝事不大，可长此以往也不是办法。

下午，本司令正在批阅文件，办公室主任又来了，局长，又有好事了。这主任高高的个子，长长的脸，就像是一张马脸，别人都叫他人头马。

人头马一开，好事自然来。说吧，是什么事？

你还记得那个"猪头"吧？

"猪头"？是规划局那个"猪头"吗？怎么？认门来了？

是啊。

这么说，那件事他是同意了？

看来是解冻了，要不主动上了门？

这家伙，终于还是投进我的怀抱来了。好吧，你去安排。

人家早就定好了，六点整，红玫瑰，不见不散。

好。我先回去收拾收拾，六点半，红玫瑰，不见不散。

收好文件，我便匆匆赶回家。司机小秦不无风趣地说，看来局长今晚要见的人非同寻常啊。

何以见得？

往常没有回家准备之举啊。

鬼精，就知道我要回去准备？

那还用说，这套行头只可以同我们单位的人混……

这是其一。

还有其二？假如不保密，想听个新鲜。

保密。不过对小秦还说什么保密？告诉你吧，你嫂子……

哦，明了，不用说了。

说着话，车到了门前。我便叫小秦在楼下等着，我上去就来。

步上了三楼，推开门，一股久违了的气味儿扑入了鼻孔，清新中带着点儿酸，还配以醇香，似酒而非酒，似菜而非菜，似肉而非肉。

阿香，弄的什么这么香啊？

哦，是申叔回来了。怎么，今晚不在外边吃？

你弄的什么好菜，我闻到就不想出去了。

会有什么好菜，晚上申叔你不在家吃，申婶今天因为忙，也顾不上买菜，我便到野地里弄了抱马齿苋，炒着尝尝……

马齿苋？是不是那种叫蚬肉菜的？

正是。

阿香将一碟呈淡红色的野菜端了过来，那股酸味儿直刺我的鼻孔。啊，久违了，马齿苋！

好，阿香，你再去地里找些回来，我今晚就在家里吃了。

什么？放着外边的大鱼大肉不吃，你要回来吃这野菜？

是啊，这东西多年不吃了，今天见着亲切，你申叔确实需要换换胃了，再这样吃下去可不得了哦。

阿香高兴地提着篮子出了门，我也尾随着下了楼：小秦，你开车回去吧，说我有事来不了，叫李副局长全权代表，代我向"猪头"敬一杯。其实当局长还有一条特权，就是行动自由，一人之下，众人之上，除了大事请示书记，这局里的去留取舍，行动的令行禁止，全由一人说了算，用不着看其他人的眼色，只有其他人来看我的眼色。

小秦一个劲儿地看着阿香微笑，怎么说变就变了呢？嫂子不在家，是不是？

不要往歪里想。我附着小秦的耳说，今晚家里有上等野菜，再说，我也懒得见那个"猪头"。

好，好，我明了，是野菜好……

叫你不要往歪里想嘛，是真正意义上的野菜。

试　工

　　店里生意日好，人手不够，便招工。现时什么不易，要招工人却不难，只要你贴个告示，保你应聘者挤破屋，你信不信？有多少工人下岗待业，有多少学生毕了业在家赋闲，有多少农业人口涌进城里，在街头等待找工作。

　　只在店门口贴了张巴掌大的红纸，一会儿便招来了五六个人。老板看了之后，只留下一个，是个女的，约二十出头年纪，人看上去蛮精灵的，进来即让人叫她阿柳（留），是留还是柳？一时也叫人分不清，不过是去是留，也不能由她自己说了算，得等三天试工结束之后才见分晓。因为老板有规定，新工人上岗，先试工三日，行则留，不行则去。

　　店是快餐店。每天店里人来人往，热闹非凡，操作也并不复杂，买菜洗菜择菜，洗米淘米煮饭，大锅炒菜，大锅煮饭，然后将大锅里的菜舀到一个个盆里，一字儿摆开，让顾客挑选。价码从三元起，一直到十元，你可以根据需要或者实力去选择。饭是大桶盛着，待顾客选好了菜，由一个服务员打给你，一份不够可以再添。添饭是不添钱的，你大可以放开肚子来吃，随你怎么吃，也吃不穷老板的。

　　阿柳（留）的工作就是负责将大锅里的菜分别盛到小盆子里，再从厨房里端到柜台上。这工作并不难，做起来也不太费力，只是老板交代过，必须卫生整洁干脆利落。于是，阿柳（留）在上岗前，特意将自己的头发理过一次，十个指甲也重新剪理过一遍，还用洗洁精将那小手又里外洗过三遍。第一天下来，挺顺利，下班时，师傅还表扬了她，并说要在老板面前为她讲好话。

　　第二天上班，阿柳（留）照样一遍又一遍地清洗那双手。一锅肉正香喷喷地等待着她来盛。当她拿起大勺，正要舀向锅里时，她的眼睛不由一愣，白白的肉里分明有一颗黑！她用勺舀过来一看，那黑物中间大两头尖，她一下便认出那是颗老鼠屎。

　　怎么办？她想都没想，就将那锅肉铲到潲桶里去了。

　　可是，外边正等着要肉呢。老板娘见这么久没端出来，便跑回来催：肉呢？

　　那儿，倒桶里去了。

　　什么？倒了？谁叫你这么做？

　　是一颗老鼠屎。

　　老鼠屎在哪儿？

　　这。

　　不就是一颗老鼠屎吗？有什么值得大惊小怪的？你知道这锅肉值多少钱吗？

　　知道，一百多元吧，可以从我的工资里慢慢地扣。

　　才一百多元？我说配快餐卖出去，该值多少？你赔得起？

　　再说了，谁说要你了？你拿什么来扣？好吧，你走吧。

　　她一时感到挺委屈，可是没办法。

　　老板回来了，当老板知道了事情的原委，立马把她追了回来，并当众宣布说：这个姑娘的名字叫阿留，我决定，从今天起，她就是我店的正式工人了！

　　阿留一听，两眼涌出了大滴的热泪。

发黄的笔记本

夫妻苦心经营起一个家，是那种真正意义的白手起家。不是么，他们结婚时，连个枕头也没有，他用的是书本，外包一块毛巾，他自嘲地说，好，平平整整，四面八方。她呢，用张棉毯，折叠齐整，倒也硬软得体。现在，他们不是有了个像样的家了？这不，刚盖好的三层小楼，还带个小花园哩。

搬家时，一应旧家什全都遗弃，只要书籍。妻子嘲弄他是孔夫子搬家——全书。他却说，书是人间英雄木，字是世上富贵根，欺不得，也丢不得。穷不丢书，富不丢猪嘛。

妻子不知翻到了什么，也接上来了：恐怕还有书中自有颜如玉呢？

见妻子手里拿了一册日记，他只觉脸一红，都藏得发了黄了，可那扉页上的一行娟秀的钢笔字还清晰如初：红帆永远为你张开，送给最可爱的老师，蔡小红。

妻子发现了这本笔记，便停止了继续翻动，从头到尾翻看着那情感之物。可让妻子大失所望的却是，除了扉页上那句话及一个带着脂粉气的名字而外，内中一无所获。

怎么，有这种艳事总不见丝毫地透露？

那有什么？不就是本空白笔记吗？

没什么，你珍藏得这样深，却是为什么？

你想知道？

假如不影响的话，倒想欣赏欣赏，看看我的丈夫过去到底有多少的罗曼蒂克？

蔡小红，是二十年前的一个学生，严格地说，也不算是我的学生，当时我在师范负责共青团工作，并没有给她上过课。

年轻的团委书记，难怪淑女好逑！

不要插话咯。我也不知怎么的，有事没事，她总爱去我那里，不是说借本书看，就是要借借自行车。那时的自行车可比现在的小轿车还少，因工作需要，我手上拥有一辆永久牌自行车，这可是令人羡慕的哦。

平心而说，这蔡小红长得确实不错，白净、丰满、活跃，富于青春气息那种。那时学工学农的时间很多，每次走出去，都基本没少我，到吃饭时，这蔡小红总要将自己的一半摊了给我。你知道，我们那时后生，胃口好得不行，别人是有吃吃不得，我们却是想吃没有吃，于是便来者不拒。

只有一次，她来到我的办公室，看周围没人，便说，沈书记，我问你个事，听说学校要在我们这批人中留些下来？

我说，应该是吧，每一届都会有少数人的。

她说，我有这个可能吗？

我说，你想留？

她便深情地看着我，怎么不想？不想，我硬了头皮找你？

可是，迟了，据我所知，名单都送各县了。

那……她快快地走了。

说着便到了毕业分配，按惯例，得以县为单位将他们送回去。我负责送一个县的。正好，蔡小红就是这个县的。当我将他们送至县城，将全部档案移交给了教育局人事科长，准备返回时，我发觉蔡小红迟迟不肯离去，那表情是带着忧伤的。到同学们都走了，她才走了过来，双手交给我一本笔记本，并趁着我看笔记的空儿突然贴过来，轻轻地吻了我的印堂，然后带着一股忧伤，快步离去。

我急看左右，见没有人发现，这才记起了激动。你知道，那时师范生不准谈恋爱的，更何况是师生关系，要被发觉的话，那后果是不堪设想的哟。

那后来呢？

后来？后来不是有了你了么？

后来呢？

后来我们就是有了房子，后来我们就搬家，后来就发现了一本发了黄的笔记本。

母　亲

　　年在母亲的叨念声中，说到就到了。母亲肯来城里，是经过大哥三次恳请才来的。这大过年的，应该给母亲备点儿什么年货呢？常规性的年货，诸如糙米、糯米、芝麻、绿豆、鸡鸭鱼肉什么的，自然包在大哥身上了，我们不必去操办，我大嫂在这方面是把好手。大姐也打来电话，说她给母亲购置了衣服，让母亲穿上新衣过年，毋庸置疑，大姐在这方面是想得周到的。于是剩下我，一定要让母亲满意。然而，什么好呢？

　　母亲说，这城里的冬天要比农村里冷。这不是有了？我灵机一动，骑上车，到农贸市场去，我要为母亲选购一袋木炭。

　　在家我是小儿子，自小跟着母亲睡，一直到了小学毕业。记得每到冬季，母亲就要提个火笼，白天工闲时，无论是走路还是打坐，母亲都将小火笼放在肚腹边上，牵上衫脚罩住，让那木炭的暖火温暖着肚腹及前胸。要是无事，母亲还常在笼里煨些小食，有时是煨个小红薯，有时烤条鱿鱼，有时实在没东西烤，就烤几个花生，一律都是香喷喷的，直惹得我们流出口水来。夜里，母亲总要将小火笼放置在被窝里，并不断地用脚调整位置，我们处在里面，只觉得暖烘烘的，等到我们都睡着了，母亲便用双脚钳住那小火笼入睡，直到天亮。神奇的是，年年如此，就没有被打翻过。母亲的小火笼还是个最好的烘箱。有时谁不慎尿了床，特别我小时最爱尿床，母亲发现了，半夜里将我的裤子解下来，放置在小火笼上慢慢烘干，于第二天天未亮又穿到了我的身上，要不是早餐时闻着有股膇味儿，可是连我自己也不会知道的呢。

接母亲来时，正是个大冷天，母亲冻得直打哆嗦，大哥给她老人家披上了大棉袄，也还是冷。母亲说，有炭吗？要有炭，烧个火笼就好了。说着，母亲还在包里真的拿出个小火笼来。可是，哪来的炭？我立马到电器店买回个取暖器，插上了电，立时屋里便暖烘烘的。我问母亲，还冷吗？母亲说，不冷了。只是夜里不能放到被窝里。

是的，电器是不能放在被窝里的，走时我一再地叮嘱大哥大嫂。

可是，我几乎走遍了整个农贸市场，就是找不到所要的木炭。问别人说，要到河堤路，那地方兴许会有。在河堤，我终于找到了。当一袋叮叮响的木炭放在母亲的面前时，母亲的嘴笑得合不拢了，阿七，你是怎样找得到的？说着话，母亲找来蛇皮袋，将那炭一分为三。一袋给我，一袋交给了大侄，说，快，给楼上的李嫂和前面的王婶送去。

我在一旁正诧异着，只见母亲那缺了门牙的嘴笑得正同一个孩童似的。

五 哥 当 兵

1968 年春，地方还在一片纷乱之中。征兵了。正在念初中的五哥回家来宣布说："我要当兵。"

父亲不无担忧地说："你能行？"

"行，我这身子连个牙缝也没有！"

"我是说你大姐夫……"

"我……"

五哥犹豫了一下，还是坚持报了名。报了名之后的五哥便忧心忡忡地等待着。

体检是跟一帮同学一起参加的，挺顺利，五哥样样过关。最后，医生一拍五哥的肩头说："棒小子，你就回去等着穿军装吧！"

穿军装，这可是五哥做梦都想的事。医生的话，无疑是给了五哥莫大的鼓舞。五哥设想着自己穿上那草绿色的军装，一颗红星头上戴，革命红旗挂两边，是多么的威风，多么的荣耀啊！

然而一想到大姐夫，又自卑了起来，心里不免生出了些小的埋怨来：大姐你好糊涂，那么多的贫雇农你不嫁，怎么偏嫁个地主仔？五哥当然也知道大姐夫是个人民教师，属于国家干部，可大姐夫的父亲却是老地主，虽然大姐夫还未过上一天的剥削阶级的生活，却也永远担着个地主的名义。

填表时，五哥耍了点儿手腕。五哥得意了一会儿，过后却是更大的担心：社会关系复杂，且又隐瞒不报，显然是罪加一等，看来这次当兵是没有什么指望的了。

五哥便不怀希望地每天继续读语录，学习毛泽东思想课，好像根本就没有那么回事儿一样。

父亲老是说："我都说吧，白让人家捏了一场！"

每逢这时，五哥便只有一句话回敬他："谁叫你让大姐来害我？"父亲便是无话可说了。

武装部的通知书是那天突然接到的，五哥捧着那印有"最高指示"的《新兵入伍通知书》，心里别提有多高兴了。五哥真想跳个一丈八尺高，大喊一通："我是一个兵了！"

可五哥还是强忍住，不敢过于高兴。大姐夫的问题始终让他不寒而栗。这方面的先例不是没有的。往年邻村就有这么一个，家里连入伍的酒都请过了，在公社召开欢送会时，还被摘下大红花送了回家。

于是，五哥只有暗自高兴，一点儿也不敢张扬，连同学们问他接到通知没有，他都只是摇头说没。

在那个细雨绵绵的下午，五哥一个人走七公里的路去公社集合。临行，不敢告诉亲戚和同学，连我也只送到村边，看着五哥默默前行，就像是平时去上学或者去赶圩一样。

五哥终于要离开家乡了，五哥终于成为一名解放军战士了。

妻子离家的日子

　　她本来每天都很忙，天一亮，就开始操持那个规模不小的酒店，到打烊回来，已累得骨头似要散了架，连最爱看的电视连续剧也看不了，更顾不上丈夫如何，子女如何，老人如何，猫狗如何，真个是悠悠万事，唯睡觉为大。

　　是一个偶然的机会，使她生出了危机感。

　　那天她跟着别人来到市郊。那里住着个女巫，据说一炷高香点上，便可知道人的过去未来生死祸福。她本也不信，但见问的人都点头言准，便也就掏出五元钱，点上三炷香，告知了自己的生辰八字。只见那女仙双眼闭上，把头一晃，一个大大的呵欠，然后开言说此命大福大财大贵，但后院不稳。细而问之，则是说男人出名，命带桃花，夫妻情缘已尽，只有同床异梦。

　　这还了得！老娘每天起早摸黑地干，为他挣来了房子，为他挣来了车子，为他挣来了面子，他却偷偷干起了对不住人的事来了？这种事，不点破还好，一经点破，就不能安生了。

　　于是，她决定出差。

　　晚上同丈夫说了，她要出一趟远门，得三天。

　　清早，丈夫送她到了车站，帮她购了车票，便匆匆赶去上班了。

　　她却退了票。住到了她家对面的旅社里。她特地选了个正对自家窗户的房间，买回几盒快餐面，木然地坐在窗口前。

　　上午挺平静。好一会儿，丈夫骑着自行车回来了，后架并没有带有长发姑娘，倒是前篮里放着些青菜鱼肉等。门开了，"大姐巴"像是相隔了许久没见面了，把那尾巴摇得忒勤。关上门不久，她的手机便响了："到了吗？别忘了你早上还来不及吃……"

她只感到心口热热的。

然后厨房里油烟顿起，然后拖地，然后淋花，然后孩子放学回来，然后吃饭，然后就再也没有动静。

下午又是上午的重复。

黄昏时倒有点儿异常。她看见有个女的来到门前，掏出钥匙，开门进了去，因为光线不够，认不出是谁，居然还配有钥匙！可不一会儿，丈夫送了出来，说这两天你就不用来了。她才认出，原来是家里的保姆。

然后是电视新闻，丈夫是每晚必看的。然后看见丈夫推车出门。不一会儿就又回来了，前篮里装着报纸，是晚报，这也是丈夫每晚的节目。关起门来，便不再见丈夫出去。只见丈夫看了一会儿报纸，然后坐到电脑前，打开了电脑。她心里想，这书呆子又要熬夜了。可不一会儿，丈夫又站立起来，到窗口凝视了一会，正对着她，她忙将百页窗帘拉下。便见丈夫回身找了支烟点燃，吸了一口，便传来了严重的咳嗽声，她的心一下也跟着痛了起来：你都不会吸烟，却吸它干什么？

咳了一会，丈夫便又坐到了电脑前，可敲不到一刻钟，便又站了起来。她的手机又响了起来："你睡了么？一个人出门，得小心点儿，现在不同过去……"

她只想哭，最后只说了一句："你不要吸烟了……"

"怎么？你怎么知道我吸烟了？……"

养 猪 卖 猪

　　夫妻二人都拿国家的工资。拿工资就叫工薪族，工薪族很好，很有优越性。优越就优越在旱涝保收，任你自然界刮风下雨落刀子，只要到了那个日子，名字一签或者图章一盖，白花花的银子便领了回来。一家人便可以滋滋润润地过日子。加之那时还有粮油指标，过年过节还有各种补贴，这才叫城乡差别，叫人千方百计绞尽脑汁削尖脑袋也要往这个族里钻。一个钻进了，便要比普通人家强，如果两个都钻进去了，那他家就是天上人家了。

　　现在却不同了。先是粮油取消了，大家都拿同样的钱去买同样的粮食。物价在一个劲儿看涨。这么跟你说吧，那时一只鸡蛋才三分钱，一斤猪肉八角钱，一斤大米才一角三分九，现在呢，鸡蛋涨到了六角，足足二十倍。而工资的增长却总是跟不上这个步伐。这么一来，虽然夫妻都照样拿着工资，可一个月下来，却总是出现赤字，更有住房改革，孩子读书，人情客往，都向他们提出钱钱钱。是到了没钱不行的严重时刻了。夫妻俩便商量找钱。在众多的找钱门路中，他们选择了养猪这一条。养猪，虽说不能大富，可只要你舍得辛苦，半年可以出一次栏，一年可以卖两次，倒也可以帮补不少。

　　说干就干，妻子可是个认准了就上的人物。丈夫立马去捡砖头砌猪栏，妻子去选猪苗。三天后，一头肉乎乎的长白猪仔便加盟了他们的行列。这以后的每天，丈夫早晚两次跑市场，拾回了必要的青料，妻子自然尽了喂养的职责，像是照料自己的孩子一样，给猪进料，给猪洗身，给猪捉虱，上班前要看一看，下班立马回来就要见到它，连睡觉前也还要去摸一摸，才睡得踏实。功夫不负有心人，正好六个月，那猪就出栏了。

他们是卖给食品站屠宰的。这种卖法，其实挺方便，今晚把猪赶到食品站的栏舍里，明早前去过秤，一手交肉，一手收钱，半年的辛苦，半天即可银子入袋。可正当丈夫喜滋滋地将钱交给妻子时，妻子的眼一瞪："怎么，才这么些？"那神情似乎是他们已卖出了一座金山或是卖出一片银海，而交到她手上却仅有区区八百元。

"你不相信？是我亲自看的秤，发票在这里，你不会看？"

"我不是怀疑你，我是说，你被人家骗了，人家趁开肚时，在里边多割了肉，你知道什么？这么大一条猪，怎么就只八百元？咳，都怨我，我要早起一些去就好了。"听妻子那怨艾声，丈夫回头想想，似乎也不无道理。

不管怎样，猪卖了，他们总是得到了实惠，也就是说，除了猪的本钱，他们一下子赚了六百多元，虽然里面包含着丈夫的起早摸黑和她的日夜辛苦，但养总比不养强，不养，谁在一个早上送给你六百多元？除非你是握有一方实权的官。

于是他们再接再厉，又买回一头肉乎乎的长白猪。

又是半年的辛劳，那猪又出栏了。这一回，妻子说什么也不卖食品站。她听信了一位同事的话，把猪卖给海南的收猪佬。这种卖法就更简单，整猪一过秤，抬上车一放，便敲数收钱。且省去了交公家的二十元保金，丈夫认为值。

可当他如数将钱交给妻子时，妻子的大眼又是一瞪："不对吧，怎么又是八百元？"

"怎么不对？是我看的秤，是我算的数，一分不差，还少交了二十元的保金。"

"我说是呗，同是那么大的一头猪，又少交二十元，怎么才八百元，我问你，是谁打的秤？"

"当然是人家，可我就在旁边。"

"我再问你，秤猪前，那秤你校过吗？"

"这倒没有。"

"这就对了。显然是人家在秤上使了手脚，我都说呗，这么条猪，才是八百元。咳，都怪我不跟你去，怎么就急着打扫这猪栏做什么？"

丈夫慢慢一想，似乎是有那么回事。

猪卖了，猪栏清洁了，可这一次，他们却久久也没去要猪苗了。

修 理 铺 前

　　东风五金商店就坐落在东风路中段，大概属于因路而起的名字。店的规模还可以，巍巍五层，一二三层用作商店，一字儿排开十张卷闸门，挺有气派，曾经是人们争相购物的好去处。不过现时商店林立，竞争剧烈，难免出现僧多粥少的局面。由于生意不景气，便要裁员。领导者却极聪明，动员会上说是出现暂时性困难，一部分人得下岗，另谋生路，等待到经济回升了再回来上班。

　　五十多岁的岳师傅便是理所当然的下岗对象。不过还好，经理在商店的骑楼底下给了他一个地摊，让他负责安装自行车。装一辆三元钱，一天装个三五辆倒也过得去，只是现在卖车的店也不少，而买车者却寥寥。岳师傅便兼作修车的营生。

　　这天我正好要选购一辆自行车。来到商店，便见岳师傅在忙碌着。

　　"大记者要买车吗？我帮你校，保证满意。"岳师傅一边干着活儿，一边说。

　　"你想要什么样的车？我来帮你选。"一个同岳师傅年纪相仿的大叔迎上前来，热情地向我介绍着："要是你骑的，还要那 26 寸的永久；要是女友或夫人骑的，时兴 24 寸飞达；要是孩子骑的，你得要这变速赛车……"

　　"你是营业员吧？"见他这么热情，我也不好拂人家的意，便跟他搭讪着。

　　"不，我是修车的，我姓秦，别人都叫我秦桧，惭愧了，惭愧了。"

　　这人有戏。我便友好地逗着他玩："怪不得你对这儿这么熟悉。"

　　"过奖了，过奖了，只不过别人大鱼大肉山珍海味，我只求得碗粥来喝罢了。"说话间，他的目光瞟向岳师傅那边。

"不过话又说回来，你既是秦桧，也用不着修车了，再出卖一点儿土地不就够你吃了吗？"

"我知道你很熟历史，那可是先人的罪过，我们……咳，只有惭愧。"

说话间，我看中了一辆飞达。交了钱，秦桧便帮着推了出来："记者哥，我来帮你校车吧。"

"可是"，我看了岳师傅一眼，因为我同岳师傅毕竟是熟人。岳师傅也看了眼过来，那目光倒也大度。

"你顾虑什么？怕我装不好？我老秦不是车大炮，在这个小城，哪个修车的资格有我老？"说话时，目光又瞟向岳师傅那边。

"大记者，你还是交给我为好，且不说我们是老熟人，就是用实际行动支持下岗工人这点上，你也应该给我来校，再说……"

"噢噢，拿过去吧，我差点儿忘了，人家可是有光荣证的哟，只不过他那技术，我恐怕……"

"怕什么，大记者，你可以看，我这校正设备可是一流的，保证误差很小很小。"

"你能小到什么程度？我保证校正误差不超过两根头发丝，两根头发丝！"

"我说你是秦桧就是秦桧，是奸臣，你能说出这两根头发丝到底有几丝？"

"这……"

我却为难了，一辆车总不能给两个人做吧。

"大记者，你不要为难，"还是秦桧的目光犀利，"我们自有解决办法，你稍等几分钟，我跟老岳决战之后，谁胜谁做。"

我被吓了一跳，为了这区区十元八元，使俩老人在街头决斗，多不好？

说话间，他们二人蹲到一块儿，摆开一张牛皮纸，工具箱里掏出了一副黑不溜秋的棋子。

这两个家伙，却原来是顶牛惯了的，让我虚惊了一场。

对面的女人

　　这次旅行真走运，在中途站上的车，居然还能补上卧铺，而且还是个下铺：11 车 8 组下。安顿好行李，打算睡个痛快。对面的睡了，被子裹得严实，从露出的一堆头发看，是个女的。

　　那是一堆挺好的头发。灯光暗淡，模糊之中，只能从体积判断。说它是一堆，不很得体，可一时也找不到更好的字眼了，意思就是多，且乱。

　　一时未能睡着，便想，那一定是个年岁不很大的女人，是姑娘？少妇？大嫂子？敢肯定，不会是老太太，谁见过长如此茂密头发的老太太？

　　管她是什么样的人。不可再想，做梦了怎么办？

　　果然做了个梦，不过与女人无关。梦醒时分，车上的广播也响了。一骨碌坐起来，对面的更早，不见人了。

　　不一会儿，回来了，带着毛巾牙具，那头乱发早已变得光滑驯帖了，果然是头秀发，果然是位少妇。

　　当她将目光投来，四目相对时，我们都不由"啊"地叫出了声来：

　　是你啊？

　　是你啊！

　　紧接着是两个异口同声的疑问。看得出，她同样感到了惊异。

　　几时上的车？我都没有发现。

　　昨晚半夜。你呢？

　　始发站。怪不得。她说，出差了？

是的。你呢?

也是。

便没了话。我也不知道跟她说什么好。缄默了一会儿,还是她来打破沉寂:真不好意思,我们虽然住在对门,可我还不知道怎么称呼你呢。

是啊,我们可真正是鸡犬之声相闻,老死不相往来。我颇有感慨地说,我姓申,叫申哥吧。我知道你,叫小雪,是吗?

是的。我也知道你是位作家,电视上曾见到过,可每次总是见到了你,他就把门关了。

我知道这个他,就是她那位有点儿盛气凌人的老公大人。

那是,仇人相见嘛,自然分外眼红了。

对面的邻居,用得着这样吗?其实我也真不明白,你是在哪里得罪了他?

都是那个刘八,刘八你认识吧?

当然,不过我不喜欢这个人,嘴太碎了,见着人总是飞短流长的。

你是个明白人,其实你认为我对你妈有那个意思吗?

我妈?你?哈哈哈,真是笑话了,你会看上我那老太婆子?

可刘八跟他说,我对你妈不安好心,甚至动手动脚。那当然是你未到他家之前的事了。

哦,怪不得,我妈平时对你也不正眼看过,原来你们有过一腿。

什么跟什么嘛,这也叫有一腿,那人间的浪漫不是太多了吗?

到底是怎么回事?能说说吗?

不做亏心事,自然不怕鬼敲门了。是那一年那一月那一天,我开着那辆小卡,路过市郊,下雨了,正好那地方无处躲雨。远远的,我看见一个女人淋成了落汤鸡。我便停了车,将她拉上车来,不想竟是你妈,不,应该说是他的妈,我的对门邻居。我看到她冷得直哆嗦,便叫她脱去湿衣,解下我的外衣给她披上,她冷得手都哆嗦了,是我帮她扣的扣子,正好这时,刘八也从那里经过。不过,你可以问你妈,解湿衣时,我是扭开面了的。

哦,就这?

还会有啥?她说不上可做我的母亲,也可以当我的大姐吧?

误会了,真是误会了啊。那么他对你呢?

他对我便形同路人。不，成了仇人。你还记得那次市里叫打狗吧？我那条看家狗不知几时得罪了他，提着哨棒追进我的门里要打。被我家人骂了，他说是我的狗要咬他，我只说了一句：我的狗从不咬好人。

哈哈，作家毕竟是作家啊，你不知道这句话有多毒了。难怪他这样恨你了。

其实人生是一个长长的梦，经历只不过是梦里的游戏，何必这样去计较。

误会，确实是一场误会了。回去我跟他说清楚。

你？回去说？说你跟我在车上奇遇了？我怕你是越说越黑咧。小姑奶奶，我劝你还是不说为好。

我？哈哈哈，笑过之后，她突然变得严肃了，不过说得也是，他这个人啊，活脱脱一个奥赛罗。不过，请相信我，这种老死不相往来的局面一定得结束了。

是的，做不了朋友，起码也不应该做敌人吧。我同意，为了这个共识，我建议，由我做东，我们到餐车去，喝一杯。如何？

好。

她走在我的前头，秀发一甩，发梢扫在我的脸上，只觉酥麻麻的。

豹　三

豹三者，人也，二十多岁。不过也真像豹，头圆圆，眼圆圆，那双拳头也圆圆，真像拳击的皮套套。

凡在三岔口逗留过的人，没有没听说过豹三大名的。

这天，美人鱼饭店突然来了伙浪荡汉，六个，自称为水东六兄弟。水东六兄弟也有名气，自从分田到户之后，便结伙同行，到哪里吃哪里。他们从山口一路吃到湛江，又从湛江一路吃回山口，从没掏过一分钱。其实他们囊中也没钱，酒足饭饱之后，拍拍屁股，便要行，识相的老板，还赔笑脸递上包钟山烟，不识相的上前索钱，他们便发酒疯，举手投足，碰到酒坛，酒坛穿水，遇上饭钵，饭钵开花。人嘛，更是一边倒，直到他们兴尽而去。再有寻事者，他们大衫一拨，个个腰间露出两排尖刀，说不准飞过一把，你就一命呜呼了。到你叫来了能人，他们已溜之大吉，并且再也没回头。

首次光顾三岔口。56家饭店关了55家，"美人鱼"却不关，他们生意正兴隆。

好，今天就吃这一家。

"老板，给炒一只生鸡，一盘田鸡，一盘鱼腩，一个三鲜汤！"

"还有，六瓶青岛啤，两瓶莲花白！"

老板以为是好生意，自然吩咐下去。不一会儿，茶上了，酒开了，他们便"出五喊三"闹了起来。

吵闹一个多小时，总算完了。六人正待起身，老板把一张账单递来：54元4角。

"要交钱？你还不知道水东六兄弟？"

"什么六兄弟七兄弟的，我开店赚钱，没钱便不要来喝！"

"好，给！"为首的大哥衣扣一拨，腰间尖刀露了出来。老板一愣，今天撞桩了！不过，老板也是见过世面的。

"兄弟，不要这样，你没听说过豹三？豹三可是我的本家兄弟哟！"

"好呀，我们也早听说三岔村有个豹三，正好今日一会，叫来！"

老板原想抬出豹三一吓，收钱了事，殊不知六兄弟竟不退，没办法，只有请真神了。

一骑单车向南冲去，约莫半小时，豹三来了。果然豹头环眼，虎须燕颔，活脱脱一副张飞像。六兄弟一见，倏地跳起，立时形成包围圈，刷刷刷，12把尖刀拔出，迎着阳光，寒光闪闪。

豹三双拳一抱："诸位有话好说，好说。"一边在袋中摸索着什么，掌心一抹，呼呼打出，一股淡烟立时扩散，眨眼之间，六兄弟便东倒西歪了。

"捆上。"豹三命令众伙计，并取来剃刀，一个个剃了光头。

半小时后，他们清醒过来，一摸头顶，大吃一惊，忙拜倒在地："大哥在上，兄弟我等有眼不识泰山！"

自此，六兄弟再不敢放肆了。自此，豹三的声名更加大振。小孩偷懒不上学，父母便用他来吓唬，"看不叫豹三来剃你的光头！"小儿夜啼，母亲也抬出了豹三，"还哭，还哭豹三来了！"

三岔口还是三岔口，56家饭店重又开张。三岔口从没见过律师、警察什么的，平时有事只记起请豹三。

56家饭店都相继去请豹三吃饭。可豹三就是不来，他耕田、养鱼，平时还摆弄些草药什么的。

为了平安起见，56家饭店又都留有一个席位，写明：豹三专座。

大 伯 进 城

我大伯住山里，今年五十有六，还从没有出过县城。听他说最远的是坐手扶拖拉机到过一趟龙坛，却好像是去了西欧或北美，回来津津乐道了半年多。其实龙坛也是个乡镇，只不过离家乡有二十三公里之遥，家里人说是四铺六路罢了。

不独大伯，我们沈家，除了我远出工作之外，列祖列宗能到过省城的，也数不出第二个来。不过，不出远门，人也这么传了下来，从高祖到祖公，从祖父到父亲，又从大伯到大侄……

大侄我回家见过，今年十二，头圆圆的，挺可爱，一双圆眼总是滴溜溜地转。我敢预言，除非出现脑震荡，否则，大侄读书一定成器。可最近听说大伯打算让他回家放牛了。我想，我们沈族没有一个正牌大学生，大抵就与这老牛有缘分。

大侄已经上了三年级。可好，春节时留有我的一张名片，他竟会给我写了信，否则真的沦为牛童我还不知道呢。猜想，大侄在写信时，那双滴溜溜的眼睛一定是泪光闪闪的，否则，信纸怎么有些模糊？

得拯救这可爱的孩子！

然而他只是我的侄儿，毕竟还是大伯的孙子。

我给大伯发了封急信，言有急事，并寄回足够的路费，让大伯来一趟。

大伯自小是爱我的。他真的来了。从山里到省城，一行四百里，可好，有直达车，他只走一个小时的山路到了公路站，便上车直达了。

大伯带着旅途的疲乏到了车站，我去接时，他首先便问："是什么事？"

"是我的毛病，你这一来，便觉得好了！"

"好便好，好便好！"

我带着大伯走在省府的大马路上，看到那平直的江南大道，大伯叹着说："这个晒场可真长啊！"我直笑得腰都弯了。看到一辆电车开过，大伯拼命尾追着大喊："不好，挂线了挂线了！"把一街人都喊得愣了。

第二天，大伯说不用我陪了，他要自己走走。其实，大伯不算老，才五十六，自己走更自由一点儿。叮嘱几句，交代一些注意事项，便由他去。

一直到了中午过后，还未见他回来吃饭，妻子及我都着急，便去找。我跑了公园，妻子跑了商场。最后来到大桥头，看到大伯在桥头蹲着。

"大伯，怎么不回去吃饭？"

他不答，只摇了摇头，仍在专注地看着往来穿梭的汽车，嘴里默默地数着，在地上用块红砖划了一地的数字。

啊，大伯在数车，数那川流不息的大车小车机动车！

看他那么专注，看来是叫不回去了，便只好给他买了袋糕点及一瓶饮料，由他去。

入夜，大伯才回来，眼里泛着激动的光芒！"阿侄，你说我今天见到多少汽车？是 31342 辆！"

想不到大伯进城，最感兴趣的是那往返穿梭的汽车，呵，是 31342 辆！平时我们只知道多，多到什么程度，不得而知，是大伯花费了一整天时间，才得出这么具体的数字！

第二天，大伯便嚷着要回去了。

"不多住几天？反正大侄又不读书……"

"不，不，我还要回去放他上学。"大伯激动地说，"城里呀……哎，山村……"

黄　鳝　头

　　黄鳝头十五岁时穿上了裤子。这一穿便再也脱不下了，比不得以往光裤了刁，哪里热闹哪里钻。

　　之所以叫"黄鳝头"，大概因他跑得快。整个三岔村里，无人不承认，黄鳝头又快又滑，做了坏事，你逮他不住。

　　黄鳝头小时不肯读书，勉强上过了一年学，便回来放牛了。放牛坡才是他的乐园。

　　他放的是两头黄牛。见到别人骑大水牛悠闲自在的，他也想骑，便把一头小黄牛拉到刚翻犁过的泥地里，叫牛伴三虾打顶住牛鼻头，飞身上去，骑在背上，双腿夹住牛肚，一手拉绳，一手紧紧捏住牛肩。他读过岳飞降龙马的小人书，只可惜那小黄牛没有长长的鬃毛，抓不着。大概摔过几跤，他也不放弃，桀骜不驯的黄牛硬是被他给驯服了，可以任他轻松地骑上，在大路上"打马游金街"了。

　　于是出则骑牛，入则骑牛。他还驯了另一头黄牛驮物，那对讨厌的粪箕便让另一头牛负担了。这在村里毁誉不一，有说他教坏了牛，拿着黄牛当马骑；有说这小子将来了不得。

　　黄鳝头更不受人欢迎的原因是嘴馋。一年四季，坡上有什么他吃什么。三四月黄瓜春，他的嘴里净是瓜味儿；五六月黄豆熟，他的兜子里便是煨黄豆；八九月甘蔗长肉，他便见天吹长管；十冬腊月便窑番薯。人们睁眼看着也没有什么办法，这事可苦了那个坡长。

　　坡长是一村人选出来看管坡上作物的。每年正月十五选一次，可以连选连任，这一届坡长是长腰四。他的责任是维护全村的一千二百亩坡田作物的安全，而黄鳝头则是头号敌人。可明明看见他在吃番薯，那个嘴还带黑，你一来，他便跑，嘴一抹，没证没赃，全身光溜，你逮他不住。一村人他不防，单防你一个坡长，还不好办？

当然坡长也不是好惹的，要不，他长腰四能连任七届？长腰四总有惩治他的办法。

那一天，长腰四大模大样去赶集，人们明明看着他骑车搭了两袋花生出发，不想到了村东的林子又折了回来，改了装，戴顶大眼笠，向西巡来。黄鳝头见坡长去赶集，便放心垒了个大窑，挖来一二十斤粉番薯，正烧得起劲儿，见个大眼笠走来，不在意。不想这大眼笠出手快，一下子把他逮住了。黄鳝头这才吃了一惊，乖乖地接受了坡长的惩罚：着了狠狠的三牛鞭，并把番薯全部送还失主，还要赔给失主一担牛粪。

人人以为他这次会改了。却不，甘蔗长了肉，他又馋了。只是，这年他穿上了裤子，在村人中已长成了大人一般了。

那天他在河边放牛。看着齐人高的甘蔗，不觉口水流了，便折了一根，为安全起见，他跳入了河里，一边洗澡，一边吃，河水不深，只浸到胸脯。

果然，一会儿坡长出现在岸边，用棍指他骂，他还在笑，咬了一大口，便把剩下的埋入水里，一时又没了赃证。

坡长发现了他藏在蔗苑里的裤子，用棍子挑起，像扛了一面旗，头也不回地去了。

这下完了，黄鳝头困在水里，半天上不来，几次爬到岸边看了看，又缩进了水里。

入秋的水毕竟有几分凉，泡久了，自然打颤。

这时，长腰四才从那边优哉游哉地回来："怎么，不跑了？"

"四叔，放我吧，以后再不敢了！"

"你的话有几次作数？"

"再犯，不得好死！"

"怎么个死法？"

"被炸死！"

　　那一年，黄鳝头交了黄牛，报名参了军。听说上前线，果然十分勇敢。入伍三年立了两次功，最后在一次战斗中，为了打开敌人的封锁，只身踏了地雷。虽然部队首长亲自来村慰问，并把一块英雄大牌子挂在他家，可老坡长长腰四觉得特别地难受。

　　唉！都怪我不是人。不就是一根甘蔗么？我为什么要逼着他发那个誓？

药　　渣

妈的，什么都可以没有，就怕没有钱。什么都可以有，就怕有病！

周伯福是这么说的。

这周伯福，在三岔口，也算是个人物。年轻时，凭着一个木偶白班，二十七个木头公仔，闯荡江湖，吃过山珍海味，唱过古往今来，一年到头，从海胆北界到山心陂陀，哪里的肥鸡没尝过，哪里的香鸭没试过？可到头来，落下了一身的病，喉腔不时地哼哼，常常同鸽子一样——咕噜噜咕噜噜。夜里还不能放平睡觉，终夜用个谷箩垫上烂棉胎铺着，像个蛤蟆趴在大石上一样。

腰长气短，动辄一身大汗，说话断续触气，这就是今日的周伯福。当年大喝一声"长阪桥断折，漳河水倒流"的周伯福哪里去了？传闻中有一次演到柴江谏君"我把你这个昏君啊"，竟把三千欲睡的观众颠个直立，把三个心脏病患者送入医院，那血气方刚的雄风何在了？

为了活命，周伯福只好靠中药来维持残喘。中医说他是老抽虾（哮喘），西医却说是支气管炎，都一回事。但他宁认是老抽虾，麻黄柴胡汤喝过不少，就没见轻。

是他那五十六岁的妹子从山冲里来，见了老哥的模样，心里酸酸地："哥，你都服过什么药？"

"中药，麻黄柴胡……"艰难地一指墙角的大箩筐。

妹子走近一看，一大箩筐的药渣发着霉味儿。

"你呀，都这么老了也不懂？药渣怎好藏着？快把它扔到大路上，让千人踩万人踏，你不知道，别人一踏上，病就跟去了！"

妹子不由分说，拿起箩筐，走到门前，把药渣撒向路中间。

三岔口本是个热闹的地方，可这时正是傍午，却少行人。妹子等了许久，不见有人来踏过，便失去了耐性，走了。

倒是周伯福有闲心，搬了张凳子，坐到门前，眼睁睁地看那地上的药渣，心里想：但愿有人这么做好吧。

可细而一想，这不叫病好，是把病转移给别人，我好了，别人不是病了？

这时，前村的能四正好走来。这能四倒是个力大无穷的壮汉，论干活儿，村上无人可敌，他一担可挑二百四，一自行车可搭两只大油缸，可这几年却变成了最无能之辈，除了出力，别的经营什么都不会，一家子穷得臭腥。这样的人染上病，岂不是全家人都遭殃。

大汗淋漓的周伯福忙抄起扫把，霸到路上，速速扫那黑色的渣片，待能四过了，便再撒开。

半天，来了个妇人，约三十五六岁，金耳环金项链闪光光的，他认出了，这正是城是城大药房那个爱骂人的泼妇，好，你来踏吧，你家有的是钱！再说，这种人也该惩罚一下了。

周伯福的心释然了。

祖 传 秘 方

七叔有个很好听的名字，叫沈济海，大约是取"直挂云帆济沧海"之意。七叔也有个挺难听的名字，叫长指甲。我曾为沈家有这么个中医自豪过，也为七叔的作为面红过。

我们沈家没有什么值得称道的，仅祖上留下本《考世系》，古老而简要的文字里，可以溯见祖上二十代前的沈福公曾做过明朝御史大夫，县志上也有所记述。再就是祖上留下一条秘方，专治瘰疬（即颈项间长出如豆状的结核）。

据说此方已传下一十五代。当时沈家祖宗还在浙江西湖之竹墩村。乾隆老爷偷下江南，病急发，求医到了竹墩村，我祖宗使用此方配药将皇帝老爷治好了。后来经皇帝老爷验审，并亲自书写一张由祖宗保存，秘方便这么传了下来。不过，也不是沈家人人都能通晓，每代仅传一人，高祖传给了曾祖，曾祖传给了七叔的父亲，再由七叔父亲传到了七叔。我是有一天看见七叔在翻晒枕箱，掉出个手抄本，偶尔才见到的，里边确是毛笔所书，字体倒很讲究，是不是乾隆老爷的字迹，我没有辨别能力。我想八成是讹传，假如有这皇帝老爷的手迹在，那么方子的文物保存价值岂不大大胜过药方本身？

不过那药方并不完全，只有"红娘子三钱，□□二钱，□□三钱，海藻四钱，甘草二钱，糯米半两"。我想祖上的诡秘便在于这四个空格，即使谁要到了方子也没有用，必须是真正传人才知道那两味至关重要的药的名字。

七叔是个瘦子，一副鸡胸，两根瘦臂，指甲真的很长，而且甲根有黑。他一生无所事事，就凭这个药店，当起了一方医生，倒也柴米不缺，年节鱼肉不断。

我曾看过七叔治病。来了病人，七叔便极尽模样地说："糟啰糟啰，你得的这个病要紧哦，犀利哦，爆发出来，连命也⋯⋯"

待把别人唬得面青汗出时，才又说："不过总算你有彩数，今天能找到我，要是换个人你就过不了七月十四。我来医就请放心，只要舍得出钱。"病人到了这种地步，加上他那一叹一吓一吹，只要不是卖老婆卖房子，哪有不出钱的？也许七叔的"长指甲"便这么来的。

说着用眼睃了人家一下，便在袋子里掏出一二丸子研碎，将粉末冲调给病人服涂。

据旁人反映，七叔治的人，有不少最终被送入大医院，还因为误了时间，曾死过两人，不过人家也并未追究他什么，因为不是他直接造成的嘛。

可好我考上了医学院，放暑假回来，常与七叔唠唠："七叔，手头怎么样？"

"哎，亚侄，你说怪不？怎么这方子祖上很神，到了我手，效果却总不显著？"

"我说七叔，是不是方子有问题？"

"不，这怎么会？你是知道的，我们沈家哪一代不是使用它，远近出名？"

"不，我是说，世上没有一成不变的东西。比方说，现在的人，生活与过去不同，食物结构变了，人们所需元素的摄入量变了，甚至血液细胞因素也变了，疾病也顽固了，即使是金方，那分量也应该修改，起码加减⋯⋯"

"你说什么？"七叔把眼瞪了起来，如同见了生人或怪物一样："祖宗的东西是能改的么？"

东窗和西窗

这个诊室共有两张桌子，东窗一张，西窗一张。东窗坐着老成持重的廖医生，西窗坐着生性聪颖的李医生。

廖医生的桌上立个牌子，牌子上书："主治医师诊病收挂号费三元"，诊桌的一头，摆了厚厚一叠病历本。

李医生的桌上也立个牌子，牌子上书："医生诊病收挂号费一元"，诊桌的一头，也摆着厚厚的一叠病历本。

窗外走廊上等待着三十多名心急火燎的候诊者。

东窗外一口鱼塘，鱼塘边绿柳成荫，空气清新。廖医生开初也不坐这里，这是老主任的位置，老主任退了，廖医生升了主治医师，便坐到了这里来。他喜欢鱼塘的清新。

廖医生开始叫号："1 号。"

便有个中年妇女应声入来。中年妇人一脸蜡黄，但眼神泛光，这是激动的神采。是的，在这个诊室，在这家医院，能得到廖医生诊病，无异于拿到了康复证，谁不激动？

妇人欠身坐在东桌的横向，把左手伸出，搁在集子白垫布上，虔诚地让廖医生把脉。廖医生却没有马上号脉，鼓着眼凝视了妇人一会儿，拉家常一样地问：

"大嫂，觉得哪儿不舒服？"

"右腹部胀痛。"

"多久了？"

"五六天了。"

然后伸出三根竹枝一样的手指，把定妇人手腕，寸关尺号了五分钟，再换右手，正好又是五分钟，然后：

"请伸舌头。"

妇人把条黄舌长长地伸出。廖医生视过，点了点头，又叫妇人到里室的木床上躺下，对着剑突下软腹，重按轻按了一会儿，复又出来，到洗手池里洗了一番，然后坐到诊桌前，翻开病历，一丝不苟地写着，那严谨的神情无异于写一篇学术论文。然后才拿出处方笺，川芎、白芷、黄芪、赤芍、柴胡、木香的写了一页，工工整整地签上"廖旺锦"三个字，郑重地交给妇人。

正好四十分钟。

廖医生才又站起，重到洗手池，洗过手，干毛巾擦了，朗声叫道："2号。"

西窗外没有空地，对面便是酱料厂，中间隔不过两米。在这里看不到春燕戏柳，见不着鱼跃浅水，也没有清风徐来，但医生之初都坐这里，李医生也明白，这只是个过渡：医生过渡，人生过渡。到廖医生叫2号时，李医生已叫到了8号。

8号是个小伙子，随声坐桌边的椅子上。

"哪儿不舒服？"

"头。"

"咋了？"

"疼，睡不着。"

"怕是失恋了吧？"

小伙面一红。李医生稍一号脉，便抓到了症结，白术、远志、桔梗、茯苓刷刷地写了一页，龙飞凤舞地署上"李云光"便算完事。

看看不到五分钟。小伙子轻松地跑向了药房。

西窗的病历在一本本地减少。

一位大叔总在进进出出的，坐也不是，站也不是，显然是等得心急了。只见他狠吸了口烟，走到廖医生的跟前："廖医生，我有急事，能不能让我先看一下？"

廖医生正在诊病，不作回答，旁边的人却像开了锅——

"你急？谁个不急？"

"你要先看，怎么不早来，占个头号？"

"我天还没亮就来排队了，这还轮不到呢，你急！"

这时，廖医生才开了口："要快，到那边去吧。"

便有人抽出了病历："不好意思，廖医生，我没空儿等了。"

"去吧，该去的就去吧。"廖医生眼睛也不抬。

既然有人开了头，跟着便纷纷地抽出了病历本，陆续地投到了西边的诊桌上。李医生的负担明显地增加了，可面上却现出了得意的红光，口里却说："慢慢等吧，不要都挤到这边来，我这里治不了大病的哦。"

听到这话，廖医生才抬高了眼，一束死光从老花镜片上向西边射了过来："看病就看病，哪来这么多的怪论。"

李医生缄默了一下："我说的是实话，不见他们一开始抢着去排队？现在可好，一个个又都……"

"后生人不要把尾巴翘上来，出水才看两脚泥，治病是儿戏不得的，医生的名誉是以治好人为前提的。"

"那是，那是。"李医生有点儿滑滑地说："向老医生学习。"

不一会儿，李医生桌上的一摞病历便没有了。病友们欢快地拿到了药，回去说不定还可以上半天班或买个菜下个米。

廖医生才叫4号，看看已十一点，还有半个小时便下班，门外的候诊者不由急了。廖医生可不急。诊病可是人命关天的事，能急的吗？看一个处理好一个，便减少一个的痛苦。廖医生的治愈率在同行之中是独占鳌头的。多年来，他便是以此赢得了崇高的声誉。

剩下的人等不及了，只好把病历从东桌搬到了西桌。到十一点半，全部病人都诊到了病，拿到了药，各得其所地离开了卫生室。

下班时，东窗廖医生的挂号单是5，西窗李医生的挂号单是42。

第二届家委代表大会预备会纪实

会议时间：2007 年 9 月 6 日（星期四）上午

会议地点：建设花园 B 座一单元 402 室会客厅

大会主席台上摆了好几个座牌，一位主持人坐在其中：

"各位代表，为构建和谐家庭，发展家庭经济而举行的第二届家委代表大会，经过充分筹备，各方面工作均已就绪。现在举行预备会议。本次会议应到代表 6 人，列席代表 4 人，嘉宾 2 人，实到代表 6 人，符合开会原则，可以开会。这次预备会的内容有：

一、报告大会筹备工作情况。下面请上届家委会第一副主席廖国凤同志发言。（略）

二、通过代表资格审查情况报告。下面请上届家委会第二副主席刘少龙同志发言。（略）

三、通过大会主席团成员和秘书长、副秘书长名单草案：本次大会共设主席团成员三名，他们是：刘少虎，男，40 岁，大学学历，曾任第一届家委会主席；廖国凤，女，36 岁，大专学历，曾任第一届家委会副主席；刘少龙，45 岁，中学文化，工人出身，曾任第一届家委会副主席。秘书长由廖国凤兼，副秘书长由刘少龙兼。

请代表们审议。"

约三十秒后："大家对主席团名单和秘书长、副秘书长名单有什么异议吗？请发表。"

约三十秒后："无异议。下面进行表决，同意以上名单的请举手。请放下。不同意的请举手。没有。弃权的请举手。没有。一致通过。请鼓掌。"

"四、通过列席代表名单，本次会议共设列席代表4人，他们是：刘勇安，男，65岁，本家老一辈；王成娟，女，63岁，本家老一辈；廖锦章，男，64岁，外家公；陈红袖，女，60岁，外家母。"

"大家有什么意见请发表。"

约三十秒后："没意见。下面进行表决，同意以上同志为列席代表的请举手。请放下。不同意的请举手。没有。弃权的请举手。没有。一致通过，请鼓掌。"

"五、通过大会嘉宾名单。本次大会特邀嘉宾2人，他们是：林立明，男，51岁，媒公；阮雅芳，女，42岁，媒婆。"

"请代表们审议，有意见的请发表。"

约二十秒后："没意见，进行表决。同意以上二人作为本次会议特邀嘉宾的请举手。请放下。不同意的请举手。没有。弃权的请举手。没有。一致通过。请鼓掌。"

"六、通过大会议程草案。

1. 大会定于9时38分准时举行第二届家委大会开幕式。主持人：刘少龙。

2. 廖国凤同志致开幕词。

3. 嘉宾代表阮雅芳同志致贺词。

4. 宣读各家委及其他团体贺信贺电。

5. 刘少虎同志作关于第一届家委会的工作报告。

6. 刘少龙同志作关于第一届家庭经济收支情况报告。

7. 廖国凤同志对家委会章程修改作说明。

8. 举行第二届家委会选举会议。

(1) 通过家委会章程修改草案。

(2) 通过本次家委会理事会组成的产生办法草案。（由阮雅芳同志宣读。）

(3) 通过本届家委会理事会组成人员建议名单草案。

9. 召开第二届家委会第一次理事会（新当选的理事会成员集中到家庭小餐厅开会）。

(1) 通过本次家委会主席团选举办法草案。

(2) 通过总监票人、监票人、计票人名单。

(3) 选举第二届家委会主席团主席、副主席。

(4) 通过第二届家委会理事会秘书长、副秘书长名单。

(5) 通过第二届家委会名誉主席、名誉副主席名单。

10. 举行第二届家委大会闭幕式。

(1) 宣布第二届家委会主席、副主席、秘书长、副秘书长名单。

(2) 通过大会工作报告决议草案。

(3) 老一辈领导作重要讲话。

(4) 廖国凤同志致闭幕词。

11. 到小区门前草坪合影。（参加者：全体与会代表，包括正式代表、列席代表和特邀嘉宾）。

12. 到白海豚酒店共进晚餐，以贺大会圆满成功。（参加者：全体与会代表，包括正式代表、列席代表和特邀嘉宾）

13. 晚上举行家际文艺晚会及焰火晚会。

"请代表们对这个议程进行审议。有意见请发表。"

约三十秒后："没意见。下面进行表决：同意的请举手。请放下。不同意的请举手。没有。弃权的请举手。没有。一致通过。请大家鼓掌！"

抓　贼

　　这个世界就是这样的奇妙——往往，佳肴与狗屎同一个食袋，香花与毒草同一个苗圃，银鱼与乌贼同一个水域，罪犯与警察同一个门洞，贼与庄户同一桌吃饭……人和魔鬼，交织在一起。

　　不信请看——百万饭庄，那进进出出的人流中，就有他和他，他们在同一个餐厅里甚至是同一个饭桌上用餐，他喝啤酒，他也喝啤酒。而且，他们还猜了码，那"出五喊三"的声浪是一浪高过一浪。他们也许是认识，也许根本就不认识，是啤酒将他们连在一起了。

　　再请看梦的娇夜总会，他们虽然是从不同的方向进来，可他们踩着一个共同的鼓点，又蹦到一起来了。他向他点了点头，他也向他点了点头，于是他们就面对面地蹦了起来，东歪西扭，摇头晃脑，一来一往，看他们多忘情，配合得天衣无缝。

　　又是一个不眠之夜，他们又在柯尼桌球城不期而遇了。他先来，他把球打得得心应手，博得旁人一阵阵的喝彩，正在打遍天下无敌手时，他来了，持杆上场，两强相遇，真可是难解难分。

　　第四夜，他们分歧了。可这个世界就是那么的奇妙，说是分歧，而最终他们也还是搅到一起来了。

　　先说第一个他吧，他吃够了，玩够了，今晚他要实施一个行动，抓贼。三天以前那个晚上，他在房里睡觉，天亮起来，裤子不见了，一看那窗户开着，便明白了，是贼取走的。当然，口袋里的钱也就随之而失去了，那可是他一个月的工资哟。他的心疼着，便于第二个晚上，下决心要把贼抓住，他拿了一根小绳，将另一条裤子拴了，一头牵在手上。他决定，就是不睡觉也要将贼抓到。朋友老三来邀他去玩儿，他说没空儿。老三看见他抓裤子简直笑弯了腰，他说，你这样是不会抓到的，听我说，你就放心去玩儿，贼是不会来的了。他说，不来？不来我的钱不是注定要丢了吗？那也未必，不过你听我说，今晚、明晚、后晚你尽管去玩儿，玩完后再抓，我保证能抓到。为什么？你没听说"做贼不复宗，复宗被打穿头壳窿"吗？昨晚刚来偷过，怎么他也不会今晚又来的，不过，他一定还会来的。于是他听了老三的。便去了百万饭庄，去了梦的娇夜总会，去了柯尼桌球城。

老三说，今晚他有了预感，贼会来。于是，他便拴起了裤子，在守株待兔。

按说他也不是惯贼。只是第一次作案顺利得手。他高兴了一阵子，他想，这家伙睡觉也太没警惕了。不过想想也是，如果他有警惕的话，那我怎么会得手？一个顺手牵羊得了一千多，本想再来。可他想起了平时的一句话，"做贼不复宗，复宗被打穿头壳窿"。便歇了手。或者说该享受享受了，便来了百万饭庄灌啤酒，来了梦的娇蹦迪，来了柯尼桌球城打球，而每到一处，又都遇到了一个对手，或者说是知音。当然，他并不认识他，他也不认识他。到手的不义之财挥霍完了，他便又想到要偷。在选择行窃的目标时，他便又想到了那个窗户那条裤子，当然他也想到了那句"做贼不复宗"的古训。可是，在资历不深的他看来，除了这个曾带给他幸运的地方以外，似乎一时也找不到什么更好的地方了。再说，经过了几晚的紧张，按说，他的防范也应该放松了吧。于是便抱着侥幸心理，蹑手蹑脚地来了。

远远地，他看到了那扇窗户没关，并且，里边黑洞洞的，他的心便狂跳起来。真是天助我也。站在窗口的一刹那，他左看右看没有人，便探头往里瞧，一条裤子搭在椅背上，他的心更跳了，便伸手轻轻将裤子牵了出来，不想那裤子却拿不走。突然间，里边一声"抓贼"，外边的老三扑来，将他一下按倒，里边的他拉亮了灯，出来一看，原来是你呀。

他也感到突然：是你？对不起了。

做一回上帝

　　小瘪四终于还是逃不过被开除的命运。小瘪四在这间店里服务了三年多，工作表现时好时差，总之是没有得到老板的赏识。没得老板赏识的主要原因是小瘪四太精了。老板都不喜欢过于精的人，老板喜欢的都是实实在在干活儿，不很讲究得失的人，也就是小瘪四认为的傻子。小瘪四认为的傻子，实际上是不傻，而小瘪四认为自己是精仔，实际上自己在老板的眼里就是傻子。这里面包含着很深的哲理，用小瘪四的现行思想是永远也看不透这一层的，这正是争是不争，不争是争。

　　这是一间不算大也不算小的饮食店。不大，是指它的规模及规格，服务员工不是太多。不小，也是指它的规模和规格，工作人员也不算太少，也就是大不到靠班长来管理，而小不到老板没有不认识的。这样的规模和规格，就最能考验一个人的表现，即你做多了，老板看到，你做少了，老板也未必不知道。精仔和傻子同时混杂。小瘪四的亏就吃在这个份上。比方说，工作时间，老板规定为八个小时，可未到点，小瘪四就提前做好了下班的准备，收拾好自己的东西，到点就开溜。表面上看上干足了时间，实际是利用了上班时间做了自己的准备。而不像老五，老五常常是在下班时间到了，还在做班上的收尾工作，然后才收拾自己的东西，这一来一往，就有至少半个小时的差异。小瘪四每每离开时，总对老五含有讥诮之意，那意思是说你老五大傻仔一个。可不知道，自己却早已陷于做傻事而不能自拔，这不？被开除了不是？

　　因为没有本领，小瘪四就是专门供人使唤的家伙：老板使唤他，师傅使唤他，服务员使唤他，连看门口的也使唤他。

开除就开除吧，小瘪四也没有感到太痛苦。此处不留爷，自有留爷处。想我瘪四精仔一个，到哪里不是被使唤？

给工资吗？小瘪四这样问老板，其实他是心里盘算好了，是我炒你就别想拿到工资，是你炒我，那可是一个子儿也不能少。

老板也是个明白人，虽然瘪四表现不怎么样，但毕竟能在一个店服务三年多，这也是不多见的，正是没有功劳也得有苦劳了。不开欢送会就好了，怎么会欠这点儿工资？

于是小瘪四顺利拿到了一笔钱。

拿到钱的小瘪四就不那么瘪了。他要了那个最豪华的玫瑰包厢，请了几位相好，他要在自己服务过的地方切切实实地当一回上帝。妈的，钱是什么东西，给你就是钱，不给，什么也不是。花了好再去挣。

小姐，点菜。小瘪四大呼一声，引得几个平时一起的姑娘都瞪着眼睛看着他。

看什么看？快给老子点菜。见那些姑娘不动，小瘪四便直呼老板。

老板毕竟是老板，生意就是爷，立时向一个姑娘发出了命令，阿朱，听到了没有？

那叫阿朱的姑娘这才正了正胸前的牌牌，拿上菜单进了玫瑰包厢。

阿朱看了看小瘪四，要什么菜？

不行，你老板是这样要求你的么？

不就是要点菜吗？哪来这么多的条条？才离开不到半小时。

是的，半小时前你也可以使唤我，可现在你知道我是什么了吗？

是什么呀？还不是小瘪四？

得，本人投诉你，对顾客不尊重，叫老板扣你奖金。小瘪四是你叫的么？快，叫一声先生，否则……

好，先生，请问您要点什么？

好，这还差不多。看你们店有什么特色菜，都给我要一份。

特色菜有，不过价格可贵了。

得，你又犯了规，知道错在什么地方吗？第一，不维护老板利益；第二，不尊重顾客。

对不起了，先生，我们开始吧。

好，这还差不多。于是他们在斗嘴中点满了一桌子的酒菜。在吃用过程中，一会儿叫服务员来这个，一会儿又要服务员来那个，直弄得十几个姑娘转磨心一样为他一桌跑前跑后，要这要那。随着酒意上升，小瘪四还觉得不过瘾，便冲老板来了。

服务员，你们的老板这么拿大？怎么不来敬个酒？快叫。

经过几番折腾，小姐不敢怠慢，立马通报老板。

老板是生意人，自然不去计较，来了，并拿起了酒杯子，来，先敬小瘪四一杯。

得，真是有什么老板就有什么员工，告诉你，我现在是上帝，小瘪四是你叫的么？

是，是，是，对不起了，平时都叫惯了。

要在半小时前，我不怪你，可现在……

在推与敬中，不慎洒了衣服，小瘪四摊着两手：

老板，你看着办吧，怎么样？

好，好，好，我叫人来替你抹。

不行，得你亲自来。否则，这桌酒菜……

好说好说。老板掏出了餐纸。

完后，小瘪四一下子趴在餐桌上嘤嘤地哭了起来。

吃完结账，不多不少，正好，老板刚才发给小瘪四的钱又一个不漏地回到了老板的账上了。

走出大门，一小时前怎么样，一个小时后还是怎么样，可小瘪四与老板都各得其所，这又是个什么样的公式？小瘪四是想也想不通。

郁葱，原名于作龙，总参某部大校军官，冰心儿童图书奖获得者。长期从事国际问题研究和军事外交工作，并曾多次出任联合国军事观察员和驻外武官。海外任职期间，作者坚持从事业余文学创作和翻译，迄今已出版和发表各类作品500余万字，作品散见于《译林》《海外文摘》《环球时报》《青年参考》等报刊，不少作品被《读者》《青年文摘》等报刊选载。在译介外国文学方面，是国内译介外国小小说作品最多的翻译家之一。其译作语言流畅，文字精美，深受读者喜爱。已出版《战云密布下的伊拉克》《东方童话》《亚洲童话200篇》《世界童话精选》《与生命赛跑》等作品集。

郁葱卷

钻 石 鼻 钉

巴图从镜子里看了看自己，她尽管已经三十五岁，可仍风姿绰约。几滴水珠在她白皙的额头上闪烁，化妆后的杏仁眼变得更黑更有神，脸颊变得更红润更靓丽，额头上点上鲜艳的红点，使她看上去更加妩媚动人。她知道，即使她绿色的棉布纱丽已经褪色，可穿在她身上丝毫没有逊色的感觉。

巴图向往奢侈的生活，喜欢珠光宝气，渴望穿好吃好，可丈夫斯瓦拉曼只是一个淳朴本分的税务工作者。他上有老下有小，既要照顾年老的父母，又要抚养两个快速成长的孩子。对他们来说，奢侈生活实在不敢奢望。

巴图仔细看着镜子里自己的面孔，这样美丽的面孔应该属于公主才是，她想。只见她的耳垂上饰有两个小小的耳钉。娇小的鼻子上，一颗精致的金制鼻钉闪闪发亮。巴图叹息一声，她要是有一颗钻石鼻钉该有多好啊！

她在金器店曾经看到过一颗让她动心的鼻钉，上面镶有八颗钻石和一块红宝石。她对这颗鼻钉一见钟情，大小和式样都很合她的意，上面的钻石诱惑地向她闪着光芒。她知道她永远也不会拥有它，可她还是询问了一下价格。

"二万卢比，"金器商告诉她，"这可是全国最好的蓝钻石，到哪里也找不到这么高质量的钻石了。"

她小心地将鼻钉拿在手里看来看去，鼻钉上的钻石在上午的阳光下晶莹剔透。"拉曼太太前不久刚刚买了一个，式样和这个一模一样。"拉曼太太是巴图的邻居，她丈夫与巴图的丈夫斯瓦拉曼在同一个税务局工作，但级别比斯瓦拉曼高。拉曼太太从不忘记自己这一高人一等的身份，也从不放过任何一个在巴图面前炫耀她的服饰和首饰的机会。

巴图经常向斯瓦拉曼抱怨这个女人。"她男人背地里受贿，否则他们的生活怎么能这样奢侈？"斯瓦拉曼对妻子说。

"不管怎样，人家把家关照得很好，家里要什么有什么！"巴图尖刻地说。斯瓦拉曼退缩了，但他从不让巴图知道她对他的伤害有多大。

随着时间的推移，巴图感到越来越难过，钻石鼻钉让她着魔。她看到拉曼太太的鼻钉次数越多，就越想拥有与她同样的鼻钉。于是，她开始对家、对丈夫和孩子失去兴趣。她经常在镜子面前一待就是几个小时，想象着她戴上钻石鼻钉该有多美，她没有一天不在斯瓦拉曼面前唠叨此事。

后来突然有一天，斯瓦拉曼给了妻子一个惊喜，他给她买回一颗鼻钉——一颗镶有八颗钻石和一块红宝石的鼻钉，式样与她朝思暮想的鼻钉一模一样。巴图欣喜若狂，她没有想丈夫是从哪里弄来的那么多钱，她只想拥有一颗她所渴望的鼻钉。今天终于拥有了，她非常兴奋。她戴起鼻钉，在镜子面前自我欣赏起来。鼻钉上的钻石在光照下闪闪发亮，此刻，巴图看上去就像一位女神。她情不自禁地笑了，拉曼太太，现在再让你炫耀！

巴图炫耀着她新得到的鼻钉，走到哪里就戴到哪里。她所有的邻居都羡慕她的鼻钉，都说她的鼻钉好看。就连傲慢的拉曼太太也不得不承认，巴图的钻石和她的一样好。满足了要求的巴图，重又找回她原有的热情，对丈夫和孩子越来越体贴和关心。

然而，就是从这时开始，她发现斯瓦拉曼的眼神变得冷漠，好像他有什么事情瞒着她。每当她想问他时，他就走开或把话题岔开。但可以看出，斯瓦拉曼内心有一种深深的负疚感。

几个星期之后，斯瓦拉曼被逮捕，当时巴图正在市场购物。当她回到家时，只见她家门前挤满了邻居。当她得知税务局有人受贿当场被抓时，她不禁大吃一惊。

过去几个星期一直使她怀疑的事情终于成为事实，她现在知道买鼻钉的钱是从哪里来的了。她痛悔不已，丈夫是为了她才这么做的。一向老实本分的他接受了贿赂，结果葬送了他的整个前程。这一切都是为了满足她的虚荣心，为了得到一块不值钱的石头！泪水情不自禁地盈满巴图的眼睛。

此刻，钻石鼻钉失去了它所有的魅力。只要能够救回丈夫，巴图准备不惜一切。

警察将斯瓦拉曼带走，巴图连看丈夫最后一眼都没有看到。她站在路边，伤心地流下眼泪。就在巴图无助地站在那里伤心时，她听到有一个熟悉的声音在喊她。巴图转头，发现丈夫正朝她走来，她简直不敢相信自己的眼睛。斯瓦拉曼看到她泪流满面，便问："你到底为什么哭？"

巴图根本说不出话来："我以为警察逮捕了你！"

听了此话，斯瓦拉曼看上去非常吃惊。实际上事情并不像巴图想象的那么严重，警察把他带走完全是因为有人诬告他。

"究竟什么使你这样认为？"

"哦，你给我买了钻石鼻钉，我知道我们买不起！最近，我看你好像总是很内疚的样子……所以，我想你一定受贿了。"

"这是你的臆断！不过你没有错，我有理由对钻石鼻钉感到内疚……"斯瓦拉曼认为这是坦白自己的最好时机。内疚简直快要害了他的命："巴图，我希望你能有勇气承受我将要告诉你的……"斯瓦拉曼显然很紧张，"关于那颗钻石鼻钉……"

"它怎么了？"

"哦，那颗鼻钉……"斯瓦拉曼结结巴巴地说。

"哎呀，你快告诉我！"

"哦，那颗钻石鼻钉是假的！"斯瓦拉曼如释重负地说。他终于说出了压在心头的内疚。

妈妈的忠告

皮默一遍又一遍地读着女儿德辰的来信，特别是对最后几句话，她琢磨了又琢磨——我就要回到你的身边了，妈妈。一切都将了断，我主意已定。

皮默突然感到年轻了几岁，期望使她心情激动。难道德辰回来不好吗？结束他们的婚姻毕竟是她的决定……皮默拿起笔决定给她唯一的女儿回信，表达她的喜悦和对女儿的热烈欢迎。但她手里握着笔却难以下笔，过去的某些回忆再次浮现在她的脑海并折磨着她——那些她认为永远埋葬了的回忆。

当年，年轻的邻居小伙次凌常来帮助皮默和她守寡的妈妈。由于常来常往，爱慕之情不可避免地在皮默和次凌之间产生。后来，他们顺理成章地喜结良缘。

几个月之后，他们便拥有了爱情的结晶——一个可爱的女儿，他们给女儿起名叫德辰。次凌非常喜欢自己的女儿，但照看孩子的任务却全落在了妻子一个人的身上。渐渐地，女儿成了皮默生命的一切，婚姻慢慢对她失去吸引力。

当皮默向次凌提出离婚时，次凌大为吃惊，他不解地问他犯了什么错。她说他整天对她不管不问，她感到婚姻已经失去存在的意义。次凌争辩说他整天上班，哪有时间老陪伴在她的身边。并说他上班还不是为了挣钱，让她们娘俩儿生活得更好。

从此，激烈的争吵便经常在他们之间发生，最终导致婚姻破裂。

皮默得到对德辰的监护权，次凌则负责将女儿抚养到十八岁。离婚之后，皮默和次凌很少来往。每当遇到难事和感到寂寞时，皮默总是后悔自己当初提出离婚未免有点儿太轻率了。

皮默手捧女儿的来信，陷入沉思。她想，决不允许女儿犯与她相同的错误。于是，她给女儿回信。

亲爱的德辰：

看了你的信，得知你结束婚姻的消息，我很痛苦。亲爱的德辰，婚姻是一个相互调适的过程，我认识到这一点时已经太晚了。当我与我所爱的人——你的爸爸——结婚时，我也像你一样对婚姻抱有不切实际的期望。实际上，我还可怜过我的一些由父母包办婚姻的朋友。他们甚至连"般配"一词都没有听说过！可他们从一开始就认识到，婚姻需要相互调适才能维持。所以，他们的爱情生活都很幸福和美满。为了维系婚姻，双方必须相互让步。而我却拒绝这样做。实际上，婚姻必须有耐心，才能天长地久。我喜欢你回家来看看，但不要一个人来，一定要与你丈夫和你们的孩子一起来。美满的婚姻不是自然而然的，而是需要经营的。

请千万不要犯我所犯过的错误，我希望你严肃地对待这封信，我衷心希望你们幸福。因为只有你幸福，我才幸福。

我期盼着你的回信。

爱你的妈妈

看了妈妈的信，德辰思绪万千。经过慎重考虑，她决定接受妈妈的忠告，重新找回她的爱情。

特别的生日礼物

　　那天早上，阿尔琼像往常一样被收音机定时的七点新闻闹醒。他一只手关掉收音机上的定时钮，另一只手则去摸与他同床共枕长达二十七年的妻子玛洛比。摸着空空的枕头，他这才想起妻子出差了。当收音机再响起时，他不得不起来自己去准备早餐。

　　玛洛比此刻正在佛罗里达州的奥兰多，她早就起来了，但她怕打扰丈夫阿尔琼休息，一直等到七点才拨通家里的电话，因为今天是他的生日。对每对夫妻来说，对方的生日总是很特别的日子。然而，她今天却远在外地，不能与丈夫一起庆贺他的生日，她感到很是遗憾。好在今天晚上她就可以回家了。

　　就在收音机第二次响起之前，电话响了。阿尔琼在电话响第二声时拿起话筒，"祝你生日快乐！"电话另一端唱道。

　　"谢谢你，亲爱的，谢谢你，我已经醒了。你还好吗？你什么时候回来？"所有的话一下都涌到阿尔琼的嘴边。

　　"我一切都好，我已经起来一会儿了。在我见第一个客户之前，我想先给你打个电话。我乘坐的航班晚上 7：28 到菲尼克斯，所以我 8：30 就可到家了。你要是怕忘记的话，电脑旁边有一份我的旅程。记着给药店打电话给你送药，你的药明天就该吃完了。还有，请到巴托利洗衣店把我们干洗的衣服取回来。寿星先生，回家后，我与你一起到外面吃晚饭。"

　　"啊，太好了！"他说，"我一直想去昌德尔大街上新开的巴西餐馆品尝一下那里饭菜的味道呢，那我们今天就去。"

他们又聊了一些无关紧要的事情才挂断电话。

玛洛比最后还提醒他别忘了按时吃药，因为她仍然认为他什么都不能自理。今天是阿尔琼的五十三岁生日，他心想，又离退休近了一年。退休以后，他和玛洛比就可以一起做他们想做的任何事情了——旅游、写书，玛洛比一直想到印度待上一年半载。他起床，刷牙，开始了新的一天。他们在旧金山住校读书的女儿希卡随时都可能来电话祝贺他的生日。

这一天，他就像往常一样，吃过早饭之后就把药服了，然后给瓦尔格林药店打电话，让他们再给送些药来，因为他的心脏随时都可能出问题。医生说他需要做心脏移植手术，而且越早越好，他的名字已经出现在全国心脏移植登记名录上两年了。他的病情属于二类，所以可以待在家里，但他每天都随身带着呼机，因为很快就该轮到他得到新的心脏了。每天都有很多人死于各种疾病，可为什么没有人愿意把自己的心脏捐献出来呢？人死后是不再需要器官的！很久以前，在一个要好的朋友因肾脏衰竭而死亡后，他和玛洛比就签约死后将器官捐献出来。

就在他要出门时，希卡的电话来了。每次接到女儿的电话他都非常高兴，女儿是个很优秀的姑娘，正在大学学医，女儿是他的骄傲和快乐。

上午的出行很顺利，没有遇到任何麻烦，或许是因为必情好的缘故——毕竟今天是他的生日。整个一天，他的心情都非常好。中午，他到外面与同事共进午餐。

下午快三点时，医生办公室的一名护士来电话，说他们得到一个好消息——有心脏了，如果他方便的话，今天晚上他们就可以给他做移植手术。

当然方便。这不是方便不方便的事情，他需要移植手术。他很是高兴，终于等到心脏了。

他告诉护士，他马上就可以去医院。

护士告诉他，心脏正在送来的路上，他必须到德塞尔乐善好施医院办理入住手续，以便他们开始做手术准备。他挂断电话，赶紧给玛洛比打电话，可她的手机关机，她可能正在回家的路上。于是他给她留了一条短信："玛洛比，你一定不会相信，我得到了最好的生日礼物。医生办公室来电话说，他们为我找到了一个心脏，并马上要做移植手术。晚上吃饭的事只好取消了，我们以后再吃。你回来直接去医院，我们医院见。"

然后，阿尔琼又给最要好的朋友沙姆打了个电话，二十八年前他们研究生毕业来到这个国家时就认识了。他把他要手术的事告诉了沙姆，并说马上就去医院，请他去机场接玛洛比到医院，因为他要在医院里至少住十天。

沙姆坚持放下工作陪阿尔琼去医院。阿尔琼住进医院之后，医院就为他开始做各种化验和手术前的准备工作，现在只等着心脏送到后就进手术室了。

沙姆一直陪伴在阿尔琼的身边。晚上七点，阿尔琼让沙姆去机场接玛洛比。玛洛比乘坐的来自奥兰多的航班 7∶28 到达。沙姆打电话询问航班是否正点到达。但却被告知航班晚点四十分钟。

没办法，只好等待。得知阿尔琼要做心脏移植手术的消息之后，沙姆的妻子兰加纳和其他几个好朋友也都急忙赶到医院。

阿尔琼突然想起来，他还没有给女儿希卡打电话。他让沙姆告诉希卡手术的事，沙姆却说已经给希卡打过电话了，她明天上午就到。

晚上 7∶45，护士来说，心脏已经到了。沙姆也已去机场接玛洛比了。

手术很成功。此刻，阿尔琼正待在手术后的特别病房。他的情况很好，他的身体对新心脏没有任何排斥，真是奇迹。

阿尔琼慢慢开始从手术的麻醉中醒过来，他睁开眼，感到嘴很干。

护士走到他跟前，问他需要什么。"是，水和我的妻子。"他艰难地用嘶哑的声音说。

护士给他拿来一些冰沙，并把沙姆给他带来了。

他用质问的眼光看着沙姆，"玛洛比在哪里？"

"玛洛比还没到，她很快就会到，你现在应该好好休息。"

"医生说手术很成功。祝贺你！"沙姆说。护士让沙姆离开，因为阿尔琼需要休息。

两个星期之后，阿尔琼回到家里。他的心脏手术恢复得很好，但他却闷闷不乐。希卡已经返校一个月了，家里没有玛洛比，显得很空。

玛洛比再也没有从佛罗里达回来，实际上，她已经部分回来。就在玛洛比去机场的路上，不幸遭遇车祸。一辆快速行驶的小轿车迎面与她相撞，她严重受伤。她被紧急送往医院，但已经无法抢救，她的大脑彻底受损。医院从她的驾驶执照上得知，她是器官捐献者。

于是，医院把她的器官留了下来。阿尔琼正好是等待移植心脏名单的下一个——死者的血型等情况正好与他相匹配。所以，心脏便给阿尔琼送来。

当阿尔琼得知他移植的心脏就是自己亲爱的妻子的心脏时，悲痛欲绝。他怎么也没有想到，妻子会一去不返！阿尔琼坐在椅子上看着窗外，不由得想起了三十年前他们在加尔各答大学一起学习的日子。

他们恋爱刚开始，就赶上他的生日。

她问他：“生日想要什么？”

“我想要你的心。”他回答。

他还记得她在听到这句话时羞怯地笑着转头看着地上的样子。她是多么的漂亮，多么的可爱！

想到这里，眼泪不由得从他眼里流了下来。

飞进屋里的蝴蝶

"妈妈，我回来了。"放学一进家门我就喊道。通常，妈妈会马上答话，并敦促我去洗澡、吃饭，然后做作业。然而，这一天——1961 年 3 月 14 日——家里却一反常态，一片寂静。

我走进全家共用的卧室，只见妈妈正坐在她的梳妆台前默默地流泪。见我进来，她抬起头，说："你姐姐今天早上死了。"我只是站在那里，不知道说什么好。那时我只有十岁，对死没有任何概念。

当我看到卧室角落里小桌上放着的姐姐伊丽莎白的书包时，我才对妈妈的反常有所意识。矩形棕色硬壳书包好像在等待它的主人来认领，我跪下，轻轻地抚摸着书包，试图感觉姐姐的存在。我不由得打开书包。

书包里的一切都放置得非常整齐——练习本放一边，课本放另一边，铅笔盒置于其间，里面还有那天早上她去学校时扎的黑色塑料头带。

我取出几本她的练习本。当我一页一页地翻看她的英语练习本时，我看到上面有几个"好"和"很好"的评语。再看她的数学练习本，却看不到英语练习本上那样的评语，显然数学是她的弱项。书包里还有一本名为《急救》的英文教科书，书的右上角有一个蓝色的污点——这是有一次我无意中给溅上的墨水。

我仔细地把练习本和课本原样放回书包，生怕姐姐知道我动了她的东西会不高兴。

那天晚上，我站在阳台上，看着我们楼对面车站一辆辆进站的公交车，希望看到姐姐能从任何一辆车上下来，但终究没有看到。

"她回来了吗？"我不停地问妈妈，"她为什么不回来？她为什么要死？"妈妈对我不停的询问难以作答。

大约晚上九点左右，一只黑色蝴蝶飞进我们家的厨房。它在厨房里飞了一会儿后，落在了墙的高处。"不要赶走它。"妈妈说。

当我上床睡觉时，蝴蝶仍待在那里，可第二天早上，它却不在了。只有在这时，我才想起两天前发生的事情。

两天前的那天晚上，我像往常一样注视着姐姐每天放学乘坐的2路公共汽车。车开过去了好几辆，可就是不见姐姐的身影，我开始担心。终于，就在街灯亮起来时，我看到姐姐从一辆车上下来。

我急忙跑向门口，因为姐姐有时会给我买糖果回来。但那天晚上她没有给我带回糖果，因为她没有时间去买。她向我解释说，她忘记做第二天要交的美术作业了，她必须赶紧回家完成。

洗完澡吃过饭，姐姐就在我们的圆形饭桌边坐下，准备开始画画。屋里不太亮的灯光把她的影子投在地上，我走到桌子跟前看她要干什么。"不要把颜料弄洒了。"她提醒我。

姐姐将一张矩形绘画纸分成十二等份，并在每张小纸上用粗黑线条画上同样的蝴蝶，每只蝴蝶都是弯弯的触角和三角形的翅膀，翅膀上还画有斜线条和小圆点。她让我帮她在每张纸的背景处涂上色，于是，我把每张纸一一涂成粉红色和黄色，等我们完成任务时，天已经很晚。

姐姐去世那天，我想起了飞进我们家的那只蝴蝶，它看上去和姐姐画的那些蝴蝶一模一样。

每天早上，姐姐很早就要赶车去学校。她走时，我通常还在熟睡。但在她去世的那天，不知什么原因，我五点半就醒了。我走出房间，发现她匆匆忙忙正准备去上学。那天早上，她连早饭都没有来得及吃完。

我们楼里的楼道非常暗，我开着门，以便让我们家的灯光照着她走下楼梯。她离开时大约是六点钟。

"再见，弟弟。"就在她转身离去时，她朝我挥手道。

我怎么也没有想到，这就是她对我说的最后一句话。我仍然记得她走下楼梯时我看她后背的最后那一眼，她穿着蓝色的校服，一只手提着书包，一只手挥舞着快速跑下楼梯。

那年，她只有十四岁。

几年之后，我得知我的这个姐姐实际上是收养的。这倒没有关系，实际上，我感到我们之间的关系就像亲姐弟一样。几十年来，我一直不知道她的死因，当时，我只是被告知她被发现时躺在学校的厕所里，已无法挽救。然而，只是在最近，我才得到一份她的死亡证明，上面说她死于脑出血。

我相信当年飞进我们家的那只蝴蝶，一定就是姐姐在走向另一世界之前，回来向我们作最后的道别。有一天，我也会走这条路，我终究还会见到她。

甜蜜的咸咖啡

他是在一次聚会上认识她的。她相貌出众，妩媚动人。整个聚会期间，她几乎成为所有男士注意的目标。而他因为太普通，没有引起任何人的注意。聚会结束时，他邀请她去喝咖啡。她感到非常惊讶，可又不好拒绝他的一片好意，于是接受了他的邀请。

坐在一家安逸的咖啡馆里，他紧张得说不出话来，让她感到很不舒服。"救救我吧！"她心想，"快让我回家吧！"

就在这时，他转向招待员说："能给我点儿盐吗？我要往咖啡里放。"

咖啡馆里的人听到他要盐，感到非常诧异，都把眼光转向他。看到大家都在看他，他的脸一下子红了。但他将盐倒进杯子，用勺子搅了搅，端起来就喝。她好奇地问他："你怎么养成这样一个习惯？"

'"我小时候住在海边，"他回答道，"喜欢在海水里玩耍，久而久之，我便喜欢上了海水的味道。现在，每当我喝咸咖啡，就会想起我的童年，想起我的家乡和我日夜思念的父母。"说到这里，他的眼睛被泪水模糊了。她被他的话深深地打动。

"这一定是他的内心独白，"她心想，"想家的人都忘不了自己的家人。"接着，她开始讲起她自己遥远的根基，她的童年和家庭。这是一次真正的心灵沟通，就是通过这一次喝咖啡，他们开始了姻缘关系。

她发现他是一个真正符合她心意的男人：热情，善良。正如大多数爱情故事那样，他们结婚成家，生活幸福美满。在他们一起生活的日子里，每次给他准备咖啡，她都会往杯子里放点儿盐。

他们幸福地在一起生活了四十年之后，他去世了。后来，她在他的遗物中发现了一封写给她的信。信里这样写道：

我最亲爱的：

请原谅我一生的谎言，这是我对你说过的唯一假话——我喜欢喝咸咖啡！还记得我们第一次约会吗？我当时非常紧张，我本来是想要白糖的，可由于紧张，我要了盐！我怎么也没有想到，那就是我们美好姻缘的开始。

在我们一起幸福生活的日子里，我很多次想把真情告诉你，但最终都没有。我怕我们的家庭基础会被这个谎言破坏。

现在，我就要离开人世了，我已没有什么可怕的了，我终于敢向你坦白真情。实际上，我一点儿都不喜欢咸咖啡，而且讨厌咸咖啡，它的味道太难喝了！可在你面前已经说出口的事，我只好坚持，因为我不想让你认为我当时是在说谎。没想到，这一坚持就是几十年！

但我对此并不遗憾，因为我遇到了你这样一位美丽贤惠的妻子。如果现在让我再喝咸咖啡的话，我会高兴地一口气喝下一加仑，条件是由你温柔而深情的手为我端上。你是我一生幸福生活的唯一理由！

她的眼泪把整张信纸都湿透了。

一年之后的一天，当有人问起为什么她喜欢咸咖啡时，她回答道："因为它可以勾起我美好的回忆。"

她，他和"她"

那一天，斯韦塔心烦意乱，她根本没有想到丈夫拉吉夫会那样。

"他为什么会对我这样呢？"她哭着说。

"她"要回来，斯韦塔难以接受。

"你哭什么呢？我不是都告诉你了嘛，慢慢你会适应'她'并接受'她'的，一切都会好的。"拉吉夫态度坚决地说。他想让"她"回来，他渴望有"她"的陪伴。

斯韦塔嫁给拉吉夫已快一年。在这期间，拉吉夫一直对她很好。就在上周她生日那天，他们还度过了最愉快的一天。生日前一周，他还送给她一件漂亮的纱丽。

"我迫不及待想穿上它。"斯韦塔高兴地看着他说，"生日那天我们能到外面去度过吗？我要穿上这件漂亮的纱丽。"她脸上掩饰不住幸福的喜悦。

"当然可以，我很想看到你穿上这件纱丽的样子。"他不无浪漫地说。

可现在他是怎么了？他好像是在想念什么人。她能从他的脸上看出他的渴望，为什么会是这样？

第二天当她听到他与他的朋友维克拉姆的电话时，斯韦塔才知道是怎么回事。

"我非常想念'她'，我想让'她'再回来……"他在电话里说。

斯韦塔仔细偷听着他与朋友的电话。

她所听到的是拉吉夫非常"爱"她，并思念"她"。

她眼里浸满了泪水。

"我怎么也放不下'她'。"他继续对朋友说，"'她'整整与我在一起生活了三年！在我与妻子享受幸福生活的时候，却把'她'遗弃，你说这公平吗？"他说。

"那他为什么娶我？他胆子怎么这么大？他与她有同居关系！"斯韦塔发怒，"骗子！他竟然向我隐瞒了这一情况！"在她的头脑中，她一直以为婚姻是挑战一切感情的牢固关系。所以，听到拉吉夫的电话后她很是震惊。

现在真相已经清楚，斯韦塔决定面对他。

"现在我知道了你的心思！"她说。

"可我怎么办呀？我对你是坦诚的。毕竟我们有了大房子，我挣钱也不少，足够让你和'她'生活舒适。你就不能作作让步，让我高兴！不要再反对了！你有时是很让我生气的。请理解我……"他耸了耸肩离去。

"他知道一个女人的感受吗？难道他不知道女人是不允许一个第三者出现在她与丈夫之间的吗？"或许，她对他的绝对信任是错误的。

不，她不能妥协，她认为。但在这个时侯离开这里也太晚了。她父母离她很远，她不想让他们为她担心。她决定先与拉吉夫周旋，直到自己找到一个好的工作，能够自立再考虑离开。

此刻已是该做晚饭的时间，她默默地准备着晚饭。她现在在这个家的地位是什么？她该如何应对她的未来？"她"会来支配她吗？她不敢想下去。她一边机械地做着饭，一边极力阻止这些想法进到她的脑子里。她做好饭等着拉吉夫回来一起用餐，直等得她肚子咕噜咕噜直叫。

尽管拉吉夫在斯韦塔面前极力掩饰自己，可她还是看出了他的激动心情。他从没有想到他的所作所为对她是多大的伤害。

"你会为此受到惩罚的！"她自言自语地说。

他们的晚饭是在默默无语中结束的。吃完饭，他便去散步了。

斯韦塔洗刷完餐具就回卧室了。她听到拉吉夫回来后打开电视的声音，他怎么会如此冷静？他在与她的生活开玩笑！她对他开始冷淡。

她躺在床上，眼泪不住地往下流，好像整个世界都在与她过不去。她后来在哭泣中睡去，当她醒来时，已是黎明。

"拉吉夫哪里去了？我为什么为他在哪里担心？"斯韦塔想。

拉吉夫正坐在客厅里看报纸，她发现他面前的咖啡杯子是空的。

"看来他已经喝过咖啡了！"看她生气，拉吉夫那天自己倒了咖啡。当她起床从卧室走出来时，他连看都没看她。

她发现他已经穿着好，正准备出门。

"我现在要去带'她'来……"他一边说一边出门，还是没有看她。

"她来了我就走！"她决定。

但好奇心战胜了她，她很想看到"她"。

不一会儿，她就听到小车进来的声音。

她看到他打开车门，只见一只波美拉尼亚犬从车上跳下来！

她好奇地看着，只见他轻轻地关上车门，与那只小狗一起走进屋里。除了小狗，并没有其他人与他一起来！

她仍然目瞪口呆地注视着他。

"你想哪里去了？你以为我会领回一个女人来吗？你还记不记得在我们结婚前你厌恶狗？我不得不把'她'藏起一段时间，可我开始想'她'了。"他笑着对小狗说："快向妈妈问好！"

"你真是讨厌！"她娇媚而又激动地尖叫道，"你昨天怎么不告诉我！"

"我要是告诉你我要把'她'带回来，你肯定不会同意的，所以我才不得不与你周旋……"

斯韦塔没有听他说话，而是在与"她"玩。

钻石耳环

  我不是那种逛得起珠宝店的人，因为即便买一件最小的首饰，也得花很多钱。我是一名政府公务员，工资收入刚够维持家用，但现在我和妻子却正在走进城里一家最知名的珠宝店。我们结婚已二十年，虽然日子过得不富有，可生活还算幸福。我们有两个女儿——十九岁的拉克什米和十七岁的拉古。就是因为大女儿拉克什米，今天我们才来到珠宝店，可以说是第一次探察。你总不能随随便便就为女儿买一对钻石耳环吧，你得先到店里看看式样，谈谈价钱，或许还要请教几个朋友，再选择一个吉祥的日子，好好算算钱——得够一万五千卢比——然后正式带上妻子和女儿来珠宝店。但对我来说，唯一的难题是没有钱，没有任何多余的钱。

  通过勤俭节约和精打细算，我们的收入才勉强度日。所以，我们怎么敢进珠宝店？可是拉克什米很快就要出嫁，男孩是我们的远房亲戚，刚从马德拉斯信息技术学院毕业。

  我们现在急需一对钻石耳环。谁听说过一个印度南方的婚礼上新娘没有钻石耳环？我妻子对此并不担心。"把我的钻石耳环卖掉，"她说，"我现在不需要了，我要把它们送给拉克什米，可式样太老了，我们应该给女儿买对时髦点儿的。"

  然而，只有我知道，妻子的耳环不是真钻石——它们是仿制品。

  我和妻子的婚姻是自由恋爱。她父母家境贫寒，父亲是一所乡村小学的校长。当时我父母极力反对这桩婚事，但我执意要娶小学校长的女儿为妻，最终父母不得不同意我的选择。只是他们有一个条件——新娘的嫁妆里必须有钻石耳环。贫穷的小学校长上哪里去弄钱为女儿买钻石耳环？后来，我很简单地解决了这一难题。那时，马德拉斯是一座迷人的城市，到处是卖新奇外国商品的繁华市场。我在一家市场上发现一个卖仿钻石的老人。他没有正式的店铺，只是坐在人行道上卖他的"钻石"首饰。一对耳环价格在十到五十卢比，有的闪闪发光，看上去就像真的。我记得我问他是从哪里搞来的这些首饰，他告诉我是二次大战期间缅甸难民带过来的仰光钻石。我不相信，仰光钻石即使是仿制品，那时价格也很贵，一对耳环至少要一百卢比或更多。然而，我还是选了一对特别好看的耳环。不是行家，很难看出它们是假的。我在五十卢比之外，又多给了老人十个卢比，因为我对这对耳环的式样和成色非常满意。

我带着"钻石耳环"直奔小学校长家。他开始问这问那，诸如我从哪里买的，它们值多少钱，他是多么感激我，将来他保证按价还我等等。我让他不要再说，并让他保证不要让任何人知道是我买的耳环。就这样，我和小学校长的女儿结婚了。

为了给女儿买一对时髦的耳环，今天妻子要把当年我为她买的、至今她还不知底细的"钻石耳环"卖掉。于是，我们走进珠宝店，看门人对我们笑脸相迎。他们知道，有钱人从他们的着装是看不出来的，他们穿什么衣服的都有，可我还是有点儿紧张。一位年轻人在一个玻璃罩着的柜台前接待了我们，并给我们一个鼓励的微笑。妻子刚要指向她的耳环，我马上用肘轻推了一下她的手。"咱们先给拉克什米选一对耳环吧，"我说，"卖可以晚一点儿。"我想尽量推迟真相被揭露的时间。年轻人拿出几个小盒，开始讲起每块钻石的优点。一对特别的耳环吸引住了我们，妻子和我同时伸手去拿。这块钻石价格一定很贵！我想。年轻人咳嗽了一声说我们的眼光不错。"这是一种极好的钻石，"他说，"我们很少有这么纯的钻石，价格是一万五千卢比，但这个价格已经是最低的价格了。"

挑选耳环的兴奋，使我忘记了即将面临的尴尬局面。

首先，我不得不应对妻子知道她的耳环真相后的震惊。其次，是我到哪里去弄一万五千卢比为拉克什米买这样的耳环？

我问年轻人他们收不收用过的耳环，他说收，并疑惑地看着我妻子耳朵上的耳环。妻子把耳环取下，交给年轻人。我急切地观察着他的表情，心里怦怦直跳。只见年轻人的表情突变，他说："请你们等一会儿，我得叫老板来看看。"他用一种我听不懂的语言喊他的老板，一位六十多岁的老先生从里屋出来。老板坐下，戴上一片镜片，仔细地对耳环审看了很长时间。看着老板认真的样子，我慌得大汗淋漓。

"你是从哪里买的这对耳环？"老板问我。

"怎么？"我说，"是我岳父买的，他一定是从特里奇买的，那是离他村子最近的一座城镇。"

"这是一种最稀有的钻石，我一生很少见到这样的极品。"

"那它们能值多少钱？"我问。此刻，我的心跳好像感觉稍慢了些。

"不经检测，我也说不准，"他说，"但大概它们得值三万卢比。"

没想到，当年花几十卢比买的耳环，今天能值这么多钱！我们用换得的钱从珠宝店买回两对新钻石耳环，一对给拉克什米，另一对给我妻子。拉克什米婚礼结束很久之后，妻子问我，她父亲一个穷小学校长，当时哪来那么多钱为她买如此惊人的一对为我们换来三万卢比的钻石耳环？

"谁知道呀！"我回答，"这些上了年纪的老人从不告诉任何人他们到底有多少祖传家产，我想他一定是卖了一些耕地。"但在我的心里，我则要感谢当年坐在马德拉斯人行道上一对钻石耳环仅卖五十个卢比的那位老人。

并非童话的婚姻

"我爱你，鲍伯。"

"我也爱你，南希。"

这是凌晨两点我从与父母一墙之隔的我的卧室听到的。他们的爱情安慰是甜蜜的，感人的，而且是惊人的。

我父母的恋爱时间很短，他们谈了没多久就于 1940 年 9 月 14 日结婚了。那时妈妈已快三十岁，早该成家了。那个在她办公室偶尔遇到的英俊而受过良好教育的男子看上去是个很好的选择，而他则被她的身材和她那一双蓝蓝的眼睛所迷住。

然而，浪漫并没有持续很长时间，分歧的种子马上发芽了。她喜欢旅行，他则不喜欢；他喜欢打高尔夫球，她则不喜欢；他是共和党党员，而她则是热情的民主党党员。他们为了钱，为了各自亲戚的过失不时在牌桌上吵，有时甚至在饭桌上也吵。更糟糕的是，他们拥有共同的生意，每天在办公室的矛盾常被带回家里来。

他们寄希望于退休之后会有改变，矛盾会慢慢消除，但尖锐的矛盾已经激化成坚固的苦果。"我总想我们会……"妈妈在数落爸爸的过错之前，总是这样开始。这种絮叨一再重复，令我至今记忆犹新，可以脱口而出。在听妈妈数落时，爸爸总是气得说些威胁和咒骂的话，这真是一个痛苦的二重奏。

他们的婚姻实在是太不幸了。但在他们结婚六十周年纪念日来临之际，我姐和我决定为他们举办一个生日晚会。毕竟六十年是很长的时间，何不充分利用这一时机呢？我们为他们准备了生日蛋糕、气球和美酒。而他们则必须遵守一个规定：不再吵架。

休战协定得到遵守，这一天我们过得很愉快。事后看来，这是一个很重要的庆祝活动，因为就从生日晚会之后，我父母开始变了。随着他们老年痴呆症的出现，婚姻成了他们唯一不能失去的东西。

他们的记忆力开始减退。他们经常满屋子找杯子找不到，车钥匙也时常忘在食品杂货店的柜台上，付费单常常忘记交钱。很快，他们连朋友的名字也记不起来了，就连他们孙辈的名字都叫不出来了。到最后，他们甚至连有没有孙辈都不知道了。

以前，很多事情都是他们激烈争吵的导火索。但现在他们却相依为命，并在搜寻记忆上相互帮助，他们经常用"每人都会这样"或"没什么，你只是累了"来相互安慰。

财务管理是他们面临的又一难题。在他们的整个婚姻中，我父母一直是各立账户。为了避免战事，他们作了明确的财务安排，爸爸负责家外的开销，妈妈则负责家里的一切开销。由于外出旅行谁拿钱是个非常复杂的事情，他们最终完全放弃了旅行。

我接管了他们的账本，他们再也不会知道账是怎么付的了。接下来，我雇了个女管家，我妈妈一直抱怨的做饭、打扫卫生和做家务突然没有了。我们还遵照医嘱，清理了家里的酒——引起他们争吵的导火索。

可以说，我父母的生命力已经很弱，他们再也享受不到生活的乐趣。但与此同时，深埋在他们心间的东西开始出现和形成。这是我在爸爸住院一段时间回到家时发现的。

我们极力向妈妈解释爸爸为什么这段时间不在，但由于她的记忆力问题，她根本记不住他为什么不在。她一次又一次地问他哪里去了，我们一次又一次地告诉她，她的担心与日俱增。

当我把爸爸从医院接回家时，发现妈妈正坐在沙发上。爸爸一进到屋里，妈妈就哭了起来。爸爸缓缓走向妈妈，妈妈也起身向爸爸走来。看到这一幕，我停住脚步。当他们迈着年迈而摇晃的脚步走到一起时，妈妈用颤抖的双手抚摸着爸爸的脸说："啊，你终于出现了！你终于回来了！"

我以为妈妈和爸爸又神奇地恢复了活力，会再次吵架争斗。

然而他们没有，现在我看到的是来自他们共同生活的那些磕磕碰碰的日子——坐在一张桌子跟前的日子，一起走向太阳的日子，一起工作和抚养孩子的日子。即便是他们过去互相大肆宣泄的怒火，也成了这一无形建筑的一块砖石，在他们周遭的世界崩塌之际，这一建筑却日益显露出来。

一大早，我再一次听到墙那边传过来的声音："我们现在在哪里？"爸爸问道。

"我不知道。"妈妈轻轻地回答道。

我在想，他们能够相依为命是多么的幸运呀！

樱 桃 树

拉克什六岁那年的一天，他吃着樱桃从穆索里市集往家走。樱桃有点儿甜，有点儿酸。这些小小的、红红的樱桃是从克什米尔山谷远道而来的。

拉克什住在喜马拉雅山脚下，这里果树不多，坚硬的土质，干燥的冷风，妨碍植物生长。但在许多背风坡上却有橡树和喜马拉雅杉密林。

拉克什与爷爷住在紧靠森林的穆索里郊区。爸爸和妈妈住在五十英里外的小村里，在坡底的梯田上种植玉米、稻子和大麦。他们很想让儿子上学，但村里没有学校。当拉克什刚到上学年龄时，他们就把他送到穆索里他爷爷这儿来了。

爷爷是退休的管林人，在郊外有栋小屋。

拉克什在放学回家的路上花五十派莎买了一串樱桃，他走了半小时才到家。到家时，樱桃只剩三个了。

"爷爷，吃个樱桃。"他在园里见到爷爷时说。

爷爷吃了一个，剩下两个拉克什很快吃完了。他把最后一个樱桃核在嘴里含了好久，用舌头舔来舔去，直到没有了味道，才把它吐在手上，考究起来。

"樱桃核有用吗？"拉克什问。

"当然。"

"那我把它留起来。"

"不管什么东西，如果搁起来不用，那就一点儿用处也没有。要想让它有用。就必须利用它。"

"我能用一粒种子干什么呢？"

"种上它。"

拉克什找了把小铁铲，开始挖土坑。

"哎，不要种在那儿，"爷爷说，"我在那儿种了芥菜。把它种在那背阴的角上吧，那里没有干扰。"

拉克什走到园里的一个角落，那里土质松软，他不用挖，用拇指将樱桃核一按，种子就进到地里了。

吃过午饭，他就与伙伴们玩蟋蟀去了，把樱桃核忘得一干二净。

冬天来了，寒风从雪上刮下来，刮得喜马拉雅杉林呼呼作响，园子变得光秃秃的了。晚上，爷爷和拉克什坐在木炭旁，爷爷给拉克什讲故事，讲人变动物、树上的魔鬼、豆子蹦跳和石头哭泣的故事。而后，拉克什总是给爷爷念报纸，因为爷爷视力不好。拉克什感到报纸很没意思，尤其是在听了故事之后。但是，爷爷想听听所有的新闻……

当大雁飞回北方、向西伯利亚飞去的时候，他们知道春天来了。清晨，拉克什很早就起床，劈木柴生火，他看到排成"人"字的大雁向北飞去，大雁的叫声在山里稀薄的空气中听得清清楚楚。

一天早晨，他在园里弯腰拣一根小柴棍时，惊奇地发现：这根小柴棍原来是生了根的！他仔细看了好一会儿，然后跑去找爷爷："爷爷，快来看！樱桃树长出来了！"

"什么樱桃树？"爷爷问。他已经忘记这回事了。

"我们去年种的那颗种子！——瞧，长出来了！"

拉克什蹲下来，爷爷几乎趴在地上，瞧着这棵小树，它约有四英寸高。

"对，是棵樱桃树！"爷爷说，"你要经常给它浇点水。"

拉克什跑到屋里提来一桶水。

"不要淹了它！"爷爷说。

拉克什浇过水，用小石头垒了个圈。

"垒石头干嘛？"爷爷问。

"把它藏起来。"拉克什说。

拉克什每天早晨都要看看樱桃树，但它似乎长得很慢。他不再去看它了，只是有时候用眼角很快地瞥一眼。一两个星期后，他仔细看了看，发现樱桃树长高了——至少长高了一英寸!

那年的雨季来得早。拉克什上学时披着雨衣，穿着长筒套靴蹒跚地走着。树枝发芽了，奇妙的百合花从草丛中伸出头来。即使在不下雨的时候，树上也滴着水；薄雾在山谷中缭绕。在这个季节，樱桃树长得很快。

樱桃树两英尺高时，一只山羊跑进园里，把树叶吃光了，只剩下树干和两根光秃秃的枝丫。

"没关系，"看到拉克什不高兴的样子，爷爷安慰他，"樱桃树是坚强的，它一定还会长起来。"

雨季快完时，新叶长出来了。这时，一个割草的妇女从山坡下来，她的长柄镰刀在草丛中嚓嚓作响，她根本没有顾及这棵小树：一刀下去，樱桃树就成了两截。

爷爷看到后，追上那个妇女，说了她一顿。但损失已无可挽回了。

"它可能会死了。"拉克什说。

"可能。"爷爷说。

但樱桃树却无意死去。

当夏天再度来临时，樱桃树长出了几片嫩绿的新叶。拉克什也长高了。他现在八岁了，已经是个结实的孩子，有着卷曲的黑发和乌亮的眼睛。爷爷把他的两只眼睛叫做"黑莓"。

那年雨季，拉克什回到家乡帮爸爸妈妈耕地、播种。当雨季结束，他回到爷爷那里时，他瘦了，但更结实了。他发现樱桃树又长高了一英尺，已经齐他的胸部了。

有时候，即使下过雨，拉克什也要给樱桃树浇点儿水，他想让它知道他在它身边。

一天，他看见一只绿茵茵的螳螂停在一根枝丫上，瞪着两只圆鼓鼓的眼睛瞧着他。拉克什没有干涉它，这是樱桃树的第一位来访者。

第二位来访者是一条毛虫，它在吃树叶。拉克什很快把它弄走，扔在一堆干树叶上。

"等你变成蝴蝶时再来吧！"他说。

冬天来得早，樱桃树被雪压弯了腰。地老鼠在屋顶上寻找住所。大雪封山了，好几天送不来报纸，这使爷爷暴躁起来，他的故事开始出现不愉快的结局了。

拉克什的生日是在二月。他九岁，而樱桃树才四岁，但差不多与拉克什一样高了。

一天早晨，太阳刚刚出来，爷爷走进园里，用他的话说是："让太阳晒晒我的骨头。"他在樱桃树前停下来，盯着它看了一会儿，然后叫道："拉克什，快来看！快来，来晚了它就掉了！"

拉克什和爷爷目不转睛地看着樱桃树，好像它创造了什么奇迹似的。原来一根枝丫的尖端开出了一朵粉红色的花。

第二年，花更多了。虽然樱桃树的年龄还不到拉克什的一半，却突然长得比拉克什高了。后来甚至比爷爷高了，而爷爷的年龄比有些橡树都要大。

拉克什也长了，像大多数孩子一样，他能跑、能跳、能爬树了，他读了许多书，但仍喜欢听爷爷讲故事。

樱桃树上，蜜蜂前来采蜜，小鸟前来啄花，它们把花啄到地上。但整个春天，樱桃树不断开花，花总是比鸟多。

那年夏天，樱桃树开始结果了。拉克什摘了一个放进口里，又吐了出来。

"太酸了。"他说。

"明年就会好些。"爷爷说。

但是鸟喜欢它们——特别是大一点儿的鸟，像夜莺等，它们在树叶中穿来穿去，啄吃樱桃，饱享口福。

在一个晴朗、温和的下午，连蜜蜂看上去也昏昏欲睡的样子，拉克什到处寻找爷爷。他围着房子找遍了爷爷常去的地方，都没有找到。后来，他从窗口看见，原来爷爷正躺在樱桃树下的藤椅上呢。

"这里正好有块阴凉，"爷爷说，"我喜欢看树叶。"

"多好的树叶，"拉克什说，"如果有点儿风，它们准会翩翩起舞呢！"

爷爷回到屋里去了。拉克什走进园子，躺在树下的草地上。他透过树叶，凝视着蔚蓝广袤的天空，侧过身，他可以看到山峰直插云霄。当夜色悄悄爬进园子时，他仍躺在树下。爷爷走过来，在拉克什身边坐下。他们静静地坐在那里。星星出来了，蚊母鸟开始叫了。下面的树林里，蟋蟀和知了开始唱了。突然，树林里充满了昆虫的鸣声。

"树林里有这么多的树。"拉克什说，"这棵树有什么特别呢？我们为什么这样喜欢它？"

"它是我们亲手种的，"爷爷说，"这就是它的特别之处。"

"原来只是一颗小小的种子！"拉克什抚摸着光滑的树皮说。他顺着树干往上摸，然后，手指停在一片树叶尖上。"奇怪，"他喃喃地说，"这就是上帝吗？"

幻　灭

　　晴朗的一天，我见到了她。这一天是 3 月 11 日，星期天……我记得很清楚。我怎么会忘记这一天呢？她身着一件红色上衣，深深的颜色把她的皮肤衬托得更加白皙。飘逸的长发、口红的格调、热情的笑声……我记得所有的一切。这是我第一次见到她，然而我却莫名其妙地感到，她就是我一直想要找寻的那一位。

　　自此，我生命中便有了使命。连续一个星期，我每天都在同一个地点等着她，希望能再次看到她，有时一等就是几个小时。在这期间，我还多方打探，并给我仅有的几个女性朋友打电话，希望她们能帮我找到这个不知名的姑娘。终于我又一次见到她。这一次我变聪明了，我跟踪她一直到她住的地方。很快，我就把她所有的情况搞清楚了。

　　她就住在附近的一条街道，是一家电脑公司的软件工程师。尽管相貌出众，可她仍是单身。

　　我对她已经有了一个基本的了解，可她却一点儿也不知道我对她的注意，我要设法让她知道，但这是最困难的工作。我本想托人去传话，可那样可能不好。我决定还是以我自己的方式去接触她，可我是一个在女人面前不善言辞的人。

　　有些事情一旦注定要发生，那就任谁也阻止不了，好像整个世界都在设法让其发生。她原来就是我的同事大杨的隔壁邻居。我们周末聚会喝酒，我去过他那里很多次，但我从没有见到过她。或许我看到过她，只是没有注意她，不……那是不可能的。不管怎样，反正我有了一个机会。

　　正如我说的，当事情注定要发生时，情况就开始有谱了。机会是大杨的生日聚会，当然她也应邀出席。大杨答应要把她介绍给我，我非常激动并有点儿紧张。为了这次聚会，那天，我花了很长时间进行打扮，我甚至给自己身上洒了些香水。

由于我光顾打扮了，到大杨家时很多人已先我而至。我很快地扫视了一下厅里的客人，看她来了没有。她可千万不要因工作缠身而来不了！我心想。当我终于看到她正在厅的一角与大杨以及其他几位客人聊天时，我才松了一口气。我快步走向他们，可我满脑子疑问。我这个样子看上去好吗？我非常紧张。我活了二十九年，还从没感到这样紧张过。都说爱会让人这样，爱，我这样说了吗？天哪，我还不认识她呢！

接下来的几个小时是在茫然中度过的。我被介绍成为一个"很有前途的小伙儿"，而她则被介绍成为她所在公司的"成功人士"。我对她的存在感到非常敬畏，很长时间我都不敢说话。而她看上去却非常放松和随便，在她看来我一定是一个寡言少语和木讷的人。然而，随着夜幕降临和酒精的作用，我的紧张慢慢消失，我们在一起谈论生活和工作。我觉得她有一种非常古怪的幽默感，这种幽默感是在我大多数女性朋友中没有发现的。就在我好不容易放松下来与她聊天时，她说她该走了。使我安慰的是，她允诺改日与我一起喝咖啡。

后来，我们经常约会，不是在一起喝咖啡，就是在一起看电影。时间过得很快。这些日子，我真有一种春风得意马蹄疾的感觉，脸上总是挂着喜悦。随着日子一天天的过去，她在我心中占据的位置日益重要。只要我醒着，我就会想她，我总想找借口再次见她。妈妈越来越怀疑我周末与"一个老校友"的约会，我的同事也经常抱怨我工作注意力不够。每次我桌上的电话响起，我都会赶紧去接，总以为电话是她来的。不管我形象如何，我开始花时间打扮自己。对我来说，生活终于有了转机。

这时，我开始想象将与我携手到老的她。她拥有许多我所喜欢的"女朋友"的优点，她非常风趣幽默，绝对是一个极好的选择。她非常独立（每次我们出去吃饭，她都坚持付钱），但另一方面，她又非常脆弱。只要她在，我就好像成了一个完全不同的人。我通常沉默寡言不爱说话，可与她却有说不完的话。这就是她的不同……她使我感觉很好。我知道我再也找不到像她这样的好姑娘，她简直是再好不过了。

又是 3 月 11 日，距我第一次见到她整整一年了，我们相约晚上一起吃饭。我等这一天已经等了很长时间，今天我要正式向她求婚。她要是拒绝我呢？那我该怎么办？我一整天都在想这个问题，精力根本无法集中到工作上。

那天晚上，她打扮得非常时髦，外面罩了一件蓝色的风衣。见面后，我哼哼唧唧了好几次，终于鼓足勇气决定要把我想说的话说出来。对我来说，这是不可思议的事情，因为我是一个思想非常守旧的人。

"你愿意做我孩子的妈妈吗？"

问过此话之后，我即刻感到不舒服。我低头看着我面前的盘子，生怕看到她的眼光。可这正好像是她所一直期望的，她抬起头来。

"你为什么这么长时间才提出来？"

我简直不敢相信我的耳朵，这是真的吗？是我听错了吗？她脸上的笑容打消了我的疑虑。没错，这的确是真的。我喜不自禁，我已经很长时间没有这么高兴了。

我们一直谈到深夜。我知道，我这边妈妈的工作是好做的，我再结婚成家她只会高兴，现在的问题是她如何去说服她的亲属。根据她告诉我的，我知道这不是一件容易的事情，但我们相信，我们会终成为眷属的。我提出送她回家，可她坚持自己打车回家，我看着她上了一辆红色的夏利车才离去。

那是我生命中最长的一夜。我躺在床上翻来覆去怎么也睡不着，满脑子都是我过去一年所经历的事情……每次见她之前的紧张，每次约会后等待下一次约会的盼望。我还想到了我为她组织的使她惊奇的生日聚会，在我睡着之前，我一直充满着兴奋。

当我醒来时已经是上午九点，我懒洋洋地看着妈妈放在我床头上的《晨报》。我看报通常先浏览一下每篇文章的标题，当我翻到第三版时，该版右上角的一条小消息引起我的注意。

"昨天深夜，一辆快速行驶的卡车在三环路上猛烈撞向一辆红色出租车，司机和车上的一名身着蓝色风衣的女乘客当场死亡……"

我顿时懵了，周围的世界一下变得模糊不清。

日出时的相会

  日出在东海岸是一道特别的景色。我站在孟加拉湾的一个叫多尔芬角的突出部位观看从地平线上升起的第一抹朝霞。就在东边的天际像一朵巨大的深红色花朵的花瓣开始绽放时，我想起了十年前在这里遇到的一个姑娘——清晰的回忆并未因为时间已过去多年而淡化。

  那时我还是个年轻的单身汉，维扎格当时还很落后。每个周日的早上，我都在黎明前起床，来到多尔芬角观看太阳从海面上升起的美丽景观。

  看到太阳升起之后，我通常沿着陡峭的山路走向岩石很多的海滩游会儿泳。我每次都看到远处一个围墙围着的院落里熙熙攘攘，很是热闹，尽管我对此很好奇，但从没过去看过。一天，我决定走近看看那里到底是干什么的。

  原来这里是一个鱼市，来这里的顾客大都是居住在附近的家庭主妇。她们衣着邋遢，毫不修饰，甚至脸不洗头不梳，与前一天晚上在俱乐部看到她们精心化妆过的形象形成鲜明对比。

  就在我非常沮丧地要离开时，我见到了她，于是我停下脚步。她是一个真正的美女——高挑，白皙，看上去精神焕发，一头光泽的秀发披肩而下，一双会说话的大眼睛和美丽的容貌在早晨的阳光下更显妩媚。我难以描述她给我的感觉，这是我有生以来第一次心动，我知道这就是爱。

  但我从心里知道，我是不可能拥有她的，因为她脖子上有一条串珠项链，证明她已经结婚成家，而且婚姻可能还很幸福。然而，我还是走近她，无话找话建议她买点儿鱼。她温柔地朝我笑了笑，我帮她从卖鱼的地摊上挑了几条鲳鱼递给她。我借机触碰到她柔软白皙的手，浑身感觉就像触了电似的。她用一双忽闪忽闪的大眼睛向我告别，轻快地离去。

我也买了两条鲳鱼，然后非常高兴地跟在她后面离开鱼市。那天早餐我吃的就是油炸鲳鱼。不用说，鲳鱼的味道很美。

每个周日的早上，我都到鱼市去转。她从未错过与我的相会——同样的地点，同样的时间，每次都是准确的七点，但我们从没有说过一句话。我太羞怯，或许她就希望这样保持下去——一种美丽的精神关系——如此微妙的爱，一个错误的举动就会毁掉一切。

与此同时，我喜欢上了油炸鲳鱼——这有点儿不可思议，因为我以前从不吃鱼。

后来，我离开维扎格，到世界各地周游，在具有异国情调的很多地方，我遇到过无数漂亮姑娘，可我却怎么也忘不了她。在一个男人的心里，初恋总是留有永久的位置。

十年之后，我又回到维扎格。当我走在通往海滩的斜坡上时，我脑海里仍然可以清晰地浮现出她美丽的样子——她温柔的笑和她会说话的眼睛——尽管已经过去十年，我仍然难以控制自己内心的激动和期待。我很想能够再见到她，这也许是一个无望的希望，但我却对能够再次看到她充满着希望。

当我来到海滩时，我发现太阳已经清楚地出了地平线。我看了看手表，差不多快七点。我加快脚步朝鱼市走去，实际上我几乎跑了起来。来到鱼市，在昔日我们曾经在日出时相会的地方站着。

我怀着激动而期待的心情，四下搜寻着。一切都没有变化，场面还是与十年前我离开时一模一样，但只有一样不同——她不在那里。我失望，我沮丧，脑子一片空白。就在我茫然若失地站在那里时，我突然感到了那熟悉的触电感。我立马回到现实，只见她手里提着两条鲳鱼正在朝我走来。

我非常高兴看到她，那一刻，我的心仿佛要跳了出来，终于没有让我失望。我激动地浑身打量着她，随着年龄的增长，她越来越漂亮了。但她的某些地方还是有变化，对，是她的眼睛；她那双大大的黑眼睛再也不像以前那样忽闪忽闪。当她无言地向我告别时，那双明亮的黑眼睛里像有点儿悲伤和辛酸。我被这突然的相遇搞懵了，我就像一座雕塑一动不动毫无反应地站在那里。

就在她离去时，我发现她修长的脖子上没有了串珠项链。

不朽的爱

冥冥黑夜，我独自站在墓碑旁。透过树丛，我看到天上繁星闪烁。对我来说，进到墓地是需要很大的勇气的，而我发现我现在就站在墓地里。

我浑身发冷，晕头转向，只觉得灵魂就要离我而去，但我却不能大声呼救。

我后悔没有听家人和朋友的劝告，在这漆黑的夜晚独自一人来到这个恐怖的地方，我对我的一时冲动自责不已。此刻，陪伴我的好像只有号叫的豺和哇哇乱叫的青蛙。冥冥之中，我甚至听到有呻吟的声音，并不时影影绰绰地看到可怕的人影从我眼前晃过。

我想起了母亲的警告："索纳姆，你为什么非得这时候去呢？难道就不能等到天亮再去？我们知道你难过的心情，可她已经走了，深更半夜地去一个幽灵出没的地方是多么可怕的冒险。今晚先休息，不要去，儿子。"

家里其他人也这样劝我，可我好像在有意刺激和责难他们。"要是你们告诉我她的病情，我或许会留住她的生命。"我说，"你们知道我是多么的爱她，可现在她去了，我怎么能睡得着？"我的话使他们都低下了头。这时，我的朋友多吉说："索纳姆，要是这样的话，我陪你一起去。"

"不，"我抗拒道，"我必须一个人去。"

他们的警告一直在我的脑海缭绕，我昏倒在克奘的坟墓前。我失去知觉，黑夜似要把我吞没。我从心底祈祷上帝保佑和庇护我，可我的祈祷是徒劳的，我仍感到四周一片恐怖。

这时，我朦朦胧胧地听到有个声音在叫我，并且感到一个冷冰冰的东西在抚摸我的脸，我知道这一定是我心爱的人克芙。一股力量在我身上涌动，我的呼吸也越来越强。我最初的恐惧似乎突然消失，心里感到很是平静。"克芙，"我呼喊着，"我爱你。"

上帝终于回应了我的祈祷。瞧，身着白纱的她看上去多么漂亮！我们紧紧地拥抱在一起，并热烈地亲吻。

然后，她松开我，期待地看着我，眼含泪水说："忘掉我吧，亲爱的！"她就像突然出现那样又突然消失。我再次陷入孤独。

世上最好的饺子

每当我们在一起庆贺节日时，我总是对朋友说，我好想吃饺子！一想到饺子，口水就会流出来。从小以大米为主食的朋友听到我的话后，总会茫然地看我一眼，便什么也不说地走开。他们一定在想：天哪，可不要再吃饺子了！

我对饺子的钟爱始于童年。每年春节来临之前，妈妈都会告诫我和其他六个兄弟姐妹："你们一定要好好听话，否则过年时不让你们吃饺子。"那时，我们家很穷，能吃上饺子那可是莫大的改善。我们清楚地知道，不让吃饺子那该是多大的惩罚呀！于是，我们都规规矩矩地听话，盼望着春节早日到来。

除夕，妈妈和姐姐就会坐在砖砌的热炕上开始包饺子，她们一边揉面做馅，一边开心地说笑。在我们家的七个孩子中，我是老小。由于我年龄小，她们不让我参与她们包饺子这"高技术"的活儿，但我总是围在她们身边，看着她们包。她们一包就是几个小时，但却从不感到累，直到一排排的饺子摆满所有能放的地儿。晚饭，妈妈会煮一些饺子全家一起吃，但大部分要留到大年初一。

初一早上，妈妈五点多钟就起来，忙着烧火煮饺子。饺子下锅后，妈妈就把我们叫醒。怀着激动的心情，我们都从暖暖的被窝里赶紧起来，穿上头天晚上准备好的过年衣服。看爸爸放完鞭炮，我们全家人便高高兴兴地围坐在桌子旁一起吃饺子。

我始终认为妈妈包的饺子是世界上味道最好的。我长大之后，到过很多地方，不管走到哪里，我都在找寻与妈妈包得味道一样的饺子，但却从未找到。我想，缺少的是与家人一起包饺子和聚在一起吃饺子的温馨氛围。

吃过饺子，我们就去亲朋好友和街坊邻居家拜年，这是一年中最让人难忘的时刻。接下来的三天里，谁都不能说不好的话，相互都必须说过年的祝福话。

年初二，妈妈会让我们给邻居家送饺子。"还有人吃不上饺子。"她总是告诉我们。

"可你要包多少饺子呀，妈妈？我们还有饺子给人家吗？"我们会问。

"我们包了一千个饺子呢。"她笑着回答我们。

于是，我们便高高兴兴地端着饺子挨家去送。我把这当作神圣的任务，我想尽早让那些比我们穷的人一起分享我们的饺子。尽管当年我们也不富裕，但我们认为我们是很富的，至少妈妈是让我们这样感觉的。

上世纪八十年代初，当我七八岁时，肉还是难得的奢侈品。妈妈只在饺子馅里放很少猪肉，但仍要包出一千个饺子。几年之后，我们的生活水平提高了，妈妈可以往馅里多放些肉了，而且与邻居分享饺子的传统继续保持着。

从护校毕业以后，我到外地工作，有时就无法回家过年。有一年我打电话问妈妈："你今年包了多少饺子呀？"

"每年都是一千个，闺女。"妈妈回答道。我可以想象到，妈妈在说这句话时一定是很满足地笑着。

六年前，我来到新加坡工作。这里离家更远了，我更不可能每年春节回家与家人团聚了。于是，我开始学着自己包饺子。但过年那天，我总是要给家里打个电话，"今年又包了一千个饺子吗，妈妈？"

"没那么多了，闺女，我老了，你在新加坡有饺子吃吗？"

"有，妈妈，我自己包的。"

"好，好。"妈妈说。

我可以感到她对我很放心并感到幸福。妈妈是一个不善言谈的女人，在她看来，我只要有饺子吃，我在新加坡的生活就是好的。

最近几年，妈妈的听力开始减退，脑子也不像以前那样好使。两年之前，我打电话告诉她，春节我也要包一千个饺子，"我要叫我所有的朋友来与我一起分享，妈妈。"

她一时没有听清楚我说的什么。"这样好，这样好，闺女。"当她终于明白过来后说，"你长大了。"她说话的声音有点儿颤抖。

那天晚上，二姐打电话告诉我，妈妈放下电话就哭了。妈妈一生都在乐善好施，并一直教育我们兄弟姐妹要乐于助人，要善待他人，尤其是那些生活境况不如自己的人。现在她年老了，她一定对把传统的善行美德传给了下一代感到满意了。她知道，她的孩子也会像她一样，乐于与别人分享自己的所有。我想，这就是妈妈对她所有孩子的衷心期望。

爱不应该有条件

越南战争期间，约翰·克里斯在一次战斗中严重受伤，被紧急送往战地医院抢救。由于失血过多，克里斯几天几夜昏迷不醒。在医生的努力下，虽然他的性命保住了，却失去了一条胳膊和一条腿。

伤势痊愈之后，克里斯与其他伤员一道被送回美国，他从洛杉矶给家在纽约的父母打电话。接电话的是克里斯的爸爸。"爸爸，"他说，"我正在回家的路上，可我要带我一个战友一起回家，但愿您和妈妈不要介意。"

"当然不会，儿子，"很长时间没有听到儿子音信的爸爸很是激动，"我们欢迎他来。"

"可我必须让你们知道，"儿子接着说，"他在战斗中严重受伤，被地雷炸掉一条胳膊和一条腿。他父母早已不在，没有地方去，所以，我想让他来与我们一起生活。"

"哦，要是这样的话，儿子，我们还是帮他找其他地方去住为好。"

"不，爸爸，我想让他与我们住在一起。"克里斯说。

"儿子，"爸爸说，"你不懂，像这样的残疾人对我们是个极大的累赘和负担。我们自己要生活，而且还要面对许多意想不到的困难。我看你应该把那人忘掉，只要你能好好地回来就行了，他会自己找到生存之道的。"

听到这里，儿子挂断电话，父母再也听不到克里斯的声音。

几个星期之后，克里斯的父母接到来自洛杉矶警察局的一个电话。他们被告知，他们的儿子从一栋八层高的楼上掉下来摔死了，警察认定这是一起自杀事件。

听到这一消息，克里斯的父母悲痛欲绝，急忙飞往洛杉矶。一下飞机，他们就被警察直接带往停尸间所辨认尸体。

他们很快就辨认出了儿子的尸体，可使他们震惊的是，他们的儿子只有一条胳膊和一条腿。

他连墙都看不见

两位病情严重的病人住在同一间病房里。其中一个肺积水，医生每天下午都要从他的肺部往外抽水。只有在这时，他才被允许在床上坐一个小时。他的病床就在病房唯一的窗子跟前。

另一位病人病情比他还要严重，不得不整天平躺在床上。两人躺在床上没有事就聊天，一聊就是几个小时。

每天下午，当靠窗的病人从病床上坐起来时，他就向他的病友讲述窗子外面的事情。只有在这一个小时，躺在床上起不来的那位病人才能领略到外面多姿多彩的世界。靠窗的病人向病友描述：窗子外面是一座美丽的公园，园中有一面波光粼粼的湖。鸭子和天鹅在水上尽情嬉戏，孩子在小船上高兴地划桨，年轻的恋人手挽手在彩虹般的花卉中依依漫步。远处，可以看到城市高大的建筑和参天大树……每当靠窗的病友绘声绘色地描述这一切时，躺在病房另一边的病友总是闭上眼睛，想象外面的美景。

一个温暖的下午，靠窗的病友说外面一支游行队伍正路过。尽管躺在病房另一边的病友没有听到乐队的声音，可听了病友的描述，他的眼睛好像看到了一切。他们就这样日复一日周而复始地待在一起。

一天上午，日班护士前来为两位病人擦洗身子，结果发现靠窗的病人躺在床上已经安详地死去了。护士很悲痛，叫人把尸体抬走了。同病房的病友问护士他是否可以换到靠窗的床上，护士为他调换了床位。他艰难地用胳膊肘将身子支起，企图看看窗外他盼望已久的景色。他很高兴，因为他终于可以亲眼看到外面的世界了。

他极力探头朝窗外看，可外面什么也没有，他所能看到的只是一面空墙。于是，他好奇地问护士为什么他死去的病友将窗外描述得那么美好。

护士回答说："那人是个盲人，他连墙都看不见，他只是想鼓励你活下去。"

布姆巴与盲姑娘

布姆巴是个自私的小姑娘，她除了玩具，没有任何朋友。在她众多的玩具中，她最喜欢的是一个叫皮珀的白熊。

但布姆巴从不与任何人分享她的玩具，爸爸对她的自私行为很不高兴。妈妈则说："或许小孩都是这样，等上学后就会好的。"可情况并非如此，布姆巴上学后，变得比以前更加自私。

父母开始为女儿担忧，他们认为必须改掉孩子的这个毛病。于是，他们决定带布姆巴去孤儿院，让她亲眼看看那里的孩子是怎样生活的。"亲爱的布姆巴，我们想带你去孤儿院看看。既然你已上学，你就用不着那么多玩具了，你最好捐出一些给孤儿院的小朋友，这样做显得你多慷慨和无私呀！"可布姆巴则不这样认为，她发起脾气，大哭大叫，怎么哄也不成。但父母坚持他们的决定，布姆巴必须捐出她的一些玩具。

他们决定第二天就去孤儿院。

"布姆巴，你把玩具都包好了吗？"出发去孤儿院前，妈妈问。

"没有，我不想把它们捐给孤儿院。"布姆巴撅着小嘴说。

妈妈没有理会，包起一些玩具，布姆巴最喜爱的玩具熊皮珀也被包了进去。

"不，不要把皮珀包进去。"布姆巴叫道。但妈妈没有听她的，他们向孤儿院走去。布姆巴哭了一路，因为她不想失去皮珀。

布姆巴向孤儿院捐出了带去的玩具，唯独皮珀除外。她想把皮珀送给某个特别的孩子。就在她找寻这样的孩子时，一只小手突然从她的背后抓住皮珀。布姆巴回头一看，发现是一个盲姑娘。只见盲姑娘身体很是瘦弱，但抓着皮珀，她看上去非常高兴。一个盲姑娘是怎么看到皮珀的？布姆巴迷惑不解。她一定很特别，布姆巴决定就将皮珀送给盲姑娘。

布姆巴的父母向孤儿院的主人拉奥夫妇询问盲姑娘的情况。"她叫苏奈娜，因为她是个女孩，且一生下来就看不见，所以受到父母的歧视和虐待。他们认为她是他们家的祸根，就在他们要抛弃她时，我们救了她。她是一个非常可爱的孩子，可因为她双目失明，没有人愿意收养她。"拉奥先生介绍说。

"但盲人有时比明眼人看到的东西更多。"拉奥太太补充道。

那怎么可能呢？布姆巴想。看到苏奈娜爱不释手地紧紧抱着皮珀，布姆巴走向她。"苏奈娜，这是布姆巴，玩具熊就是她送给你的。"拉奥太太对苏奈娜说。

苏奈娜伸出一只小手抚摸布姆巴的脸。"布姆巴！"她眼睛对着布姆巴高兴地说。

这时，布姆巴知道她为什么叫苏奈娜了，原来苏奈娜就是美丽眼睛的意思。她虽然看不到任何东西，可她的一双眼睛闪亮，她的整张脸就像抹了彩似的。要是她的眼睛能看到这个世界该有多好啊！

就在布姆巴与苏奈娜玩得开心时，父母告诉她天不早了，该回家了。告别苏奈娜时，布姆巴有了一种新奇的感觉，一直被溺爱的布姆巴第一次学会关爱别人。

回到家里，布姆巴仍像往常那样玩耍，可苏奈娜的面孔却时常浮现在她的面前。第二天，布姆巴告诉父母她还想去孤儿院，父母听了既高兴又惊奇，他们带她又来到孤儿院。布姆巴非常紧张，因为她不知道该怎样与苏奈娜交往。但布姆巴一来，苏奈娜就抱住她高兴地叫道："布姆巴！"布姆巴很高兴苏奈娜还记着她的名字，于是马上放松了下来，布姆巴和苏奈娜很快成了好朋友。

由于她们在一起玩得很开心，布姆巴父母只要外出就不忘带上苏奈娜。很快，她们就都喜欢上了对方。布姆巴乞求父母接纳苏奈娜成为他们家的一员，但父母却不无担心，因为他们怕布姆巴最终会厌烦苏奈娜。所以他们告诉布姆巴，他们要考虑考虑再说。但几个星期之后，布姆巴不但不厌烦苏奈娜，反而越来越喜欢她。布姆巴继续缠着父母接纳苏奈娜为他们家的一员，经过长时间的考虑，父母最后同意了。当他们把决定告诉拉奥夫妇时，他们甚是高兴，苏奈娜更是高兴地跳了起来。

就这样，苏奈娜被合法收养。苏奈娜有了新家，而布姆巴则通过此事学会了怎样关爱他人，当然，她又得回了她心爱的玩具熊皮珀。

王海椿，男，编辑，记者，著名小小说作家，冰心儿童图书奖获得者。作品多见于《人民日报》《解放军报》《解放日报》《小说界》《作品》等报刊，并多次被《小说月报》《小说选刊》《读者》《小小说选刊》《微型小说月报》等选载。结集有《一人酒吧》《唐小虎的理想》等三部。其中，《一人酒吧》被改编为大学教学电影，《唐小虎的理想》获冰心儿童图书奖。

王海椿卷

唐小虎的理想

唐小虎经常被周围的人们戏称为唐伯虎，但唐小虎既不会写诗，又不会作画，更没有诗人的风花雪月，浪漫情调，相反，他是个做事踏实，十分讲究实际的人。

唐小虎在单位工作积极肯干，不争名不夺利，深受领导好评；对同事厚道友善，深得同事喜爱；在家里上孝敬父母，下疼爱孩子，对老婆也是百般温存，体贴有加。嗨，这么说吧，唐小虎就像个完人。当然，唐小虎不是领导，不是企业家，也不是明星，完人也只能是个普通的完人。

既然是普通的完人，也就没什么特别之处，不会出名，也不会引起什么关注。但唐小虎有一个习惯或者叫爱好，还是受到了人们的关注。

其实说起来也没什么特别的，就是唐小虎爱干净，爱整洁。爱干净爱整洁有什么特别的？从小老师都教我们"讲卫生勤洗手"。可见唐小虎不是一般的爱干净整洁。当然大家都知道，爱干净整洁要有个度，我们都听说过有的人整天反复洗手，反复拖地，别人摸过的东西他（她）再摸一下就担心沾上细菌，这叫洁癖，是一种心理疾病。

可唐小虎这种爱干净爱整洁却有点另类。平时他穿着普通，行为普通，不见有什么洁癖的迹象。他是个普通的科员，上班照例每天早上抹一次桌子，下班倒一次垃圾，也没有一天洗几十次手的习惯。

他的爱干净整洁起初被认为是勤劳，甚至一度被同事误认为爱表现。比如，有的同事打扫自己的办公室，办公走廊上会留下一些因拖把没有拧干而滴下的水渍，唐小虎就会默默把水渍拖了。有时走廊上有不知哪儿吹过来的纸屑，唐小虎就会把纸屑捡了丢进垃圾桶。单位厕所有雇用的钟点工早晚各清理一次，但单位二十几个人你冲我洗，洗手池难免有污渍，唐小虎经常顺手把洗手池的污渍擦了。但他这些举动并没有捞到半点好处，只是偶尔被某领导碰上了，顺口说一句："唐小虎同志你真讲公共卫生呀。"唐小虎在工作中也无其他争名夺利的举动，同事也就不再多心了，对唐小虎的举动也就习以为常了。

使同事不习以为常的是一天唐小虎和一个同事去银行办事，银行门口不远处有一泡狗粪，很多人都绕开走，银行的保安都视而不见。唐小虎让同事等一下他，他跑到马路对面的报亭买一份报纸，把狗粪包了，扔到垃圾箱。

还有一次另一个同事也发现了唐小虎的怪癖。那是个周末，这个同事去看一个朋友，这个同事好久没来看这个朋友了，加之街道改建，到了朋友家附近，却找不到路，于是停下来问旁边一个正在清理墙上广告单的人。众所周知，大街上巷道里都是些乱七八糟疏通下水道、治疗阳痿早泄、代办证件之类的广告。当时这个人正把一个"阳痿早泄"的广告往下撕，同事在后面叫："师傅，请问兰花巷 58 号怎么走？"这个人回过头来，吓了同事一跳——却是唐小虎！同事惊讶得张大了嘴巴，唐小虎却像没事人似的，说看着碍眼，就顺手把它撕了，还感叹道，唉，哪一天这些乱张贴的事才能彻底管好呢？同事被弄得哭笑不得，说唐小虎，你爱干净干净到大街上来了，这么大的城市，你管得过来吗？

其实，同事不知道的事还有很多。唐小虎家附近有个公园，唐小虎每天晚饭后喜欢到公园散步，看到公园有人随手丢弃的纸巾、易拉罐、饮料瓶，他都弯腰一一捡起来扔进垃圾箱。时间久了，他逛公园仿佛不是为了散步而是专为公园的清洁卫生而去了。有的人把他误认为捡垃圾的他也不生气，边把垃圾往垃圾桶里扔边说，美化环境，人人有责。

这个城市有一条城中河，城中河堤的两边的护栏上都装了几排霓虹灯管，当时被有关部门称为"亮点工程"。时间长了，缠绕霓虹灯的一些铁丝难免锈蚀脱落，有些灯管就下垂，不成一条直线了，尤其夜晚灯亮时特别明显。一次唐小虎来城中河堤走走，发现了这个情况。第二次来的时候，就带来了钳子、铁丝把灯管一一扶正，重新绑好。恰巧这一天一个领导人在一行人陪同下视察市政工程，看到唐小虎的举动，过来拍拍唐小虎的肩膀，亲切地握着唐小虎的手说：小伙子，干得好，我们市政部门就需要像你这样一丝不苟敬业的人！

最出奇的是，唐小虎的老婆到医院生孩子，老婆送进产房生出孩子后，大夫出来报喜，却不见了孩子的父亲！原来唐小虎见走廊上有一处血迹，到清洁间拿来一个拖把就拖起地来，别人都以为他是医院的勤杂工。事后气得一向温顺的老婆把他骂了个狗血喷头。

谁也没想到唐小虎会出意外，事故就发生在前面提到的城中河堤。这一次唐小虎又发现城中河堤护栏的霓虹灯有几处因铁丝脱落下垂了，就去重新捆绑，结果霓虹灯管有一处漏电，唐小虎不幸触电落水身亡！

人们在整理唐小虎的遗物时，发现了他小学时的一篇作文，题目是《我的理想》，很多人读书时差不多都写过这样的作文。这样大而空的题目难不倒我们，因为我们的大脑早被老师灌"活"了，同学们的理想大多是科学家、工程师、作家、飞行员，还有中国人民解放军等等。我记得我当时说我的理想是当一名人民的售货员，因为我有几次都在我家附近的商店看到一个售货员阿姨随手从大玻璃柜里摸出一颗糖就吃，而那时候糖是我们整天都想吃的唯一零食。我想当售货员就可以天天吃糖了，多好呀。当然我不会把自己的心里想法说出来，而是说"售货员是为人民服务"，结尾还不忘来一句"做共产主义事业的接班人"。可是唐小虎这篇作文，让我震惊了！他说他的理想是"当一名环卫工"。我们不知道小小的唐小虎怎么没听老师的教诲，写上当"科学家"之类的其他伟大理想，而写当一名环卫工。毕竟我当年写当售货员还有糖吃，而当清洁工除了起早摸黑，流大汗，吃灰尘外，还有什么好处？而那时候他怎么就想起当环卫工呢？难道他所有的行为，业余所做的一切，就是为了圆环卫工的梦？

可惜，唐小虎死了，这成了解不开的谜。

童年的歪房子

他是一名桥梁专家，他设计建设的著名的大桥已有 20 多座。可小时候他是个线条都画不直的人。谈起自己的成长经历，他说，多亏我的爷爷，我才没有自暴自弃。

他的父亲去世早，母亲改嫁，他自小跟着爷爷生活。爷爷是个老邮差，退休了以后又照管着一大片鱼塘，是村里最勤劳的人。

他上小学时，成绩一般，除了数学，其他功课很少拿高分，但爷爷从没责备过他。

一次图画课，老师布置每人画一个自己理想的小房子。他构思了一番，他想要那种房顶有小窗户的小房子，阳光可以把室内照得通亮。他很满意自己的想法，埋头认真画了起来。可当他画完最后一笔，仔细一端详，才发现小房子画歪了。一摸文具盒，橡皮已用完了。同桌凯林又是个小气鬼，平时跟他借什么都不借，他也懒得向他开口。眼看快下课了，重画已来不及了。他突然灵机一动，在小房子歪了的那一侧的墙上画了一根树棍顶着。他歪了歪脑袋看了看——这下小房子该很牢固了，颇为得意，交作业时还偷偷做了个鬼脸。

可是，下一堂美术课的时候，老师举着他的图画本对同学们说，看，这就是他理想中的房子。那歪歪的房子和顶着的树棍顿时引来哄堂大笑。

他想解释，可老师打断了他，训他是有意捣乱，让他重画一幅交上来。

散学后，他闷闷不乐，爷爷问他发生什么事了。爷爷一向对他和蔼可亲，他很信赖爷爷，便把自己画歪房子受到老师批评的事讲了，还伤心地哭了。

爷爷说："孩子，别哭，我觉得这件事你没什么错。

"我小时候，什么都笨，最可笑的是连一笔字都写不好，笔画都是弯曲的。老师说我的字像蝌蚪，常受批评，当然还有同学的嘲笑。可是，我却能认识很潦草的字。有一次，老师拿着另一个字也写得不好的同学的作文，问，这些都是些什么字，你们认识吗？我举起手说，老师，我认识。老师说，你认识？给我起来念一遍。我真把那同学的作文一字不错地念完了，但老师并没有表扬我，说我和那个同学是煳木头归一堆。

"毕业后，我当上了小镇邮局的邮递员。你知道，写信的人字迹多种多样，难免有潦草的，甚至很难辨认的。我能辨认潦草的字，可帮了我的大忙，从没有误投过一封信。为此我成了小镇上最受欢迎的邮递员。

"画房子画得漂亮当然再好不过，但是，你画歪了，画了根木棒顶着，倒是很有意思的事，爷爷我也是头一回听说呢。就像画一个伤员，再添上一根绷带，倒很贴切呢。

"再说，某一方面不擅长不等于自己所有的都不行。你看，我退休了以后，又养起了鱼，我们天天有鱼吃。写不好字并没影响我做个出色的邮差和养鱼人。"

听了爷爷的一番话，他的心情好多了。原来自己不是最笨的，歪房子上顶树棍也不是一件错误的事。

后来他一直努力，考上了建筑学院，成了一名桥梁专家。

前不久，他承担了美洲一项双向八车道高速越渠公路大桥的设计。渠宽水大，如采用常规的渠上铺架便梁，辅助材料多，投入大，还会影响水渠的泄洪。他反复研究，拿出了渠底铺钢板、在钢板上直接搭设支架的施工方案，大大减轻了工作难度，而且减少了100多万元的资金投入。

他说，不能说渠底铺钢板就是受小时画歪房子支树棍的启发，但爷爷对我的安慰和鼓励，激发了我的想象潜能，的确使我受益终身。

古　陶

自从这个古老的小村被定为民俗村成为旅游点后，便一改往日的宁静，热闹了起来。

这天，窄窄的石板道上驶来一辆黑色丰田，走下来一群日本人。他们被小村古朴的风光和奇异的民俗所吸引，这里指指，那里点点，不断发出赞叹声。

日本人在一座竹篱小院前停下来，其中一个举起相机，"咔嚓"把小院摄入了镜头。小院里的老婆婆已是古稀之年，她穿一身青灰色的土布衣，岁月的风尘把她的脸熏染成灰黑色，神态平静而安详，仿佛是置于这幽深小院的一件古老的陶器。日本人叽里呱啦说些什么她听不懂，也不想听。她似乎对他们没有好感。

这时一个翻译进来说日本人想到屋里来看看。老婆婆怔了怔应道："进吧。"

日本人兴趣浓厚地观看土楼的结构和室内的陈设。一个小个子的目光停留在后墙的香案上——他被一个古陶罐吸引了。征得老人同意，小个子把陶罐捧在手里端详着。陶罐呈扁圆形，青灰色，上面盘旋着两条腾龙，灵动传神，古朴稚拙。小个子的手在罐体上摩挲着，久久舍不得放下。老婆婆不明白这个日本人何以对旧陶罐感兴趣。

小个子咕哝了一句什么，翻译问老人这陶罐卖不卖。老人想了想，摇了摇头。小个子掏出厚厚一沓人民币，翻译说如果愿意的话，这些钱就全归你啦！老人仍摇头。小个子又从白胖的手指上抹下两只金戒指，老人的头摇得更加坚定。

一些村人围了进来。有的就劝，卖了吧，卖了吧，留着那旧罐有什么用；有的说好多钱哩，可砌一座新屋呢；有的说存银行怕利息也花不完哩……可老人显得很固执。有几个知情的长者便赞老婆婆有骨气。他们忘不了老人的丈夫当年是被日本鬼子活活烧死的。

正在小个子无可奈何之际，老婆婆平静地指着同来的日本女子说："用她来换！"小个子听了翻译的话，心想，这老太婆是神经有问题，还是故意刁难？一件古董，能用一个大活人换吗？村人哄地大笑起来。过了一会，日本人也笑了。原来，老人指的是小个子太太身上穿的漂亮典雅的和服。

小个子转身对司机哇啦了几句，丰田一溜烟驶出了村。

一个多时辰，轿车返回。司机下车后，日本女人上了车。不多会，车门打开，日本女人换上了一身艳丽的中国套裙，来到老人面前，用标准的日本礼仪弯腰低首托着叠得整整齐齐的和服请老人收下。

老婆婆这才把陶罐捧给日本人，身后响起一阵掌声。

菜 花 黄 时

寒流刚过，仿佛只一夜之间，那片油菜就全都开花了，金黄金黄的一片。

多少年了，每当走过这片菜地，桂嫂就感到头晕目眩，有要呕吐的感觉，可又什么都吐不出来。

她永远也忘不了那个黄昏。

一家人几天未进一粒粮，仅有的一点红薯干也吃完了，几个孩子饿得连哭的力气都没有了。

桂嫂就是在这种情况下摸进那片油菜地的。桂嫂的男人去世早，什么事只好自己出头。

她蹲在菜边闻，菜花的味儿好香啊，真想掐几把菜花吞进肚里。她小心地挪着步，从根部掐着未枯黄的菜叶，每棵只掐一两片，生怕将菜梗碰折了。

费了好一会儿工夫，桂嫂才摘了一篮菜叶，就在她用事先准备好的杂草盖在篮口钻出菜地的时候，一个人堵在了她的面前——是守庄稼的金福。

桂嫂一下子懵了，她知道偷集体的东西不但要大会小会批判，还要挂牌子游街的。

金福好一会儿未发话，倒使桂嫂不知所措了，嗫嚅着说："他大叔，我……我知道……偷……集体的东西不该，可我的几个孩子都快饿……饿昏了。"

"晓得这事儿交给队里会怎么处理吗？"

"晓……晓得。"

"晓得就好，你不想挂牌子游街，是吧？"

"我……我……"桂嫂不知说什么是好了，脸憋得红红的。

脸憋得红红的桂嫂更显动人。金福一双绿豆眼就紧盯着桂嫂的脸，羞得桂嫂低下了头。

金福就趁势趋前一步，猛地搂住桂嫂："让我摸摸你就什么事也没有了……"

桂嫂挣扎着："不……不……"就被金福按倒了，菜花倒下一片。

这以后的好多年，桂嫂踏过这片菜地就双腿打颤，头晕目眩。

有几个晚上，桂嫂真想攥上镰刀，将那片油菜砍了。

这年春，已是村长的金福领了一群人在那片油菜地转了半天，又是测，又是量的。据说是外商看中了这片地，在此投资办厂。

第二天，那片长得很旺的油菜就被组长带人砍了，菜花落了一地。

桂嫂心头像搬去一块石头轻松了。

不多日，菜地上就耸起了高楼、平房。接着便在村里招工。

桂嫂的女儿秀子也进了厂。

起先，秀子和村里其他姑娘一样，每月交给娘 600 多块钱，还留下点零花。

渐渐地，桂嫂就感到有点不大对头。秀子每月交给她 2000 元，还买了很多昂贵的衣服，戴上了项链、戒指。

桂嫂就问钱的来处，秀子说："给你钱，你就别多问了，反正这钱不是偷来的。"

桂嫂拉着秀子的手说："孩子，来路不正的钱可不能乱用啊。我们现在不愁吃，不愁穿，只要能好好过日子就行了。"

没等她说完，秀子就钻进自己的小房间，把门"嘭"地一声关上了。

有一天，桂嫂到镇上买苗鸡，回来的时候，前面的两个熟悉的身影映进她的眼帘，差点把她气昏了——是秀子和村长。金福现在兼任那个厂子的干部。

她悄悄跟在后面，秀子和村长上了一条小路，路旁有一片耀眼的黄，桂嫂有头晕目眩的感觉。

村长和秀子朝四周看了看，迅速钻进菜地，一片菜花倒了下去。

桂嫂从树丛后站起身来，想大喊一声：秀子——可她觉得喉头堵了一块东西，怎么也叫不出来……

波奇的愿望

波奇今天有点兴奋，边干活边算计着，这 50 元该怎么花。

刚才去倒废品的时候，竟然从一本书里滑出一张 50 元钱，他见并没人注意，就迅速捡起放口袋里了。他面红耳热，甚至手心都出汗了。长这么大，他可从没偷拿过人家东西。他自我安慰道，这钱既不是老板的，也不知是哪个卖废品的，我不捡将来也是被打成纸浆。

波奇今年只有 15 岁，到废品铺子做搬运工已有两年了。父亲常年患病，为了替瘦弱的母亲分忧，他不肯再上学，就出来打工了。虽然每月只有 800 元，但毕竟能帮上点家里。

波奇从没痛快地花过钱，工资一领就大半寄家里了。这白捡来的 50 元，说什么也要慷慨一回。对，下班去吃麦当劳，虽说洋快餐也没什么好的，可自己还没吃过呢。不，还是去买件 T 恤，夏天到了，自己没一件像样的汗衫。哦，应该先买洗发水，这些日子都是用洗衣粉在洗头呢，头发一点都不顺滑。这回要买一瓶好的，舒蕾？海飞丝？他想来想去，总是没两样东西就把这点钱算没了。唉，到时再说吧，总之起码要去糖水店喝一杯糖水。

傍晚，离铺子关门还有一个多小时，来了个带着小男孩的妇女，说是上午卖的废品中，里边有 50 元钱。她向老板解释，她的孩子把钱夹在一本旧课本里，她清理废品时不知道，就搁在一起了。她说，那是孩子的压岁钱，一直没舍得用，准备攒着买一套画具和颜料，他喜欢画画。可这几天，家里买油的钱都没有了，急的没法，才好不容易找出一些烂铁、破塑料盆以及旧课本，总共才卖了十几元钱。

老板说，我们要关门了，那么多东西，怎么找呀。即使找到了，又怎么知道那些东西就是你卖的？

那母亲苦苦哀求，老板终于答应让他们找找看。于是那母子就爬上了高高的废品堆。

可那么多废品，要在短时间翻到自己所卖的东西几乎是不可能的。那母亲的手一个劲飞快地扒着，男孩也在旁边帮着忙。

波奇搬着东西，心里却是又后悔又焦急。那母亲的话他都听到了，后悔的是，自己不该拿那钱；焦急的是，他们不可能在废品中找到钱。他真想立即将钱掏给他们，可老板若是知道他捡了钱，藏起来不上交，会把他骂死的，甚至让他滚蛋。

那母亲的汗直往下滴，前额的头发都湿了，那孩子的脊背上也透着汗。

波奇捏了捏口袋里的票子，它像一只蚂蚁在咬着他。是的，他们也是穷人，和自己一样，要不，就是 500 元，也不会这样找呀。

老板在那边催道，不要找了，不要找了，我们要关门了。

这时，波奇走过来，声音低低地，对那母亲说，不用找了，钱在这里。男孩看着他手中的钱，说，是的，就是这 50 元，我还记得一个角有点破了。

那母亲和孩子接了钱，对老板和他说了很多感激的话走了。波奇看到老板的脸狠狠地阴着。

果然，老板冲他吼道，你给我过来，那钱真是你从书中捡的？他咕哝着，是的，老板。

你胆子不小了，竟敢偷铺里的东西，明天不要来上班了！老板吐了一口唾沫，现在就给我滚！

波奇在大街上走着，夏夜有点燥热的风吹干了他脸上的泪。他摸摸口袋中皱巴巴的 10 元钱，走进了糖水店。也许明天真的要离开这个城市了，无论如何，也要喝一杯两元钱的糖水。

伙　伴

　　黎明的衣襟上挂着水珠儿，浓浓的雾气使人感觉到微寒。在这个小镇的郊外，一个男孩正在河坡上割着青草。

　　这个叫多宝的男孩是马戏团的演员，他割草是要喂他的一只羊。为了多割些草，今天天不亮他就起床了。此时，他的衣服已被露水打湿了。

　　说来那只羊，伴他已有 10 多年了。刚买来的时候，还是只小羊羔子，洁白的皮毛像云朵，黑亮的眼睛纯净温和。他摸摸它的头，它咩咩叫着，还舔他的手。他心底即刻升起无限怜爱的感情。

　　但驯兽是冷酷的事情。虽然人也会利用动物的情感，但更多时候还是用残忍的鞭子迫使动物就范。

　　羊是最温顺的动物，但如果你强迫它做某件事就难了。比起猴子、狗，甚至老虎、熊，它倔强得多了。狗只要给它肉吃，几乎要它做什么就做什么。猴子有玉米、香蕉就很听话。哪怕是老虎也会在饥饿和拷打面前妥协。

　　记得师傅教他驯一只老虎。这只老虎很强悍，怎么打也不配合训练。师傅就把它关进笼子饿了三天，饿得它快昏厥了，才喂点肉给它，刚缓了点神，师傅就用鞭子猛抽它让它配合训练。如是几次，这个不可一世的英雄终于屈服了。

　　而对付一只羊，比老虎要难得多。尽管它的要求很低，只吃一点草，但它不会因为你给它草吃就听你的话。它很固执。如果你想像对付老虎那样，饿它三天，再给它吃一点点草而让它乖乖听话，这是绝对办不到。说不定它会绝食而死。

　　他们马戏团驯羊表演主要有跳火圈、走钢丝、踩球等几个节目。这个固执的小家伙，把它赶到台上，它就是不肯往火圈里钻，往钢架上爬。任他拽着它的脖子，扳它的角也不行。师傅常说，驯兽的唯一秘诀就是——狠。心狠，手狠。

一只老虎的倔强没有什么，一只羊的倔强让他钦佩，或许更多的是怜悯的成分。他一点也不愿打它，可是，他又不得不打它。

他想它和他一样是无法选择命运的。他们都是被遗弃的孤儿，命运不握在自己的手里。

近晌午，多宝感到有点儿热，他脱掉了上衣，歇了会儿，光着膀子，感觉风从臂上呼呼走过，手下的刀更有力了。

据说自己四岁那年，得了一种治不好的病，贫穷而狠心的父母就把他丢进一个草丛里。师傅路过抱起了他，将他收养，从此马戏团成了他流动的家。

看着羊身上被打的伤，一种无奈的痛苦煎熬着他，撕裂着他，但他确实没有改变的办法。自从来了马戏团他就身不由己了。是不是人要活着，总得要做点违心的事？

当初师傅训练他时，也像训练动物一样。六岁练走钢丝，八岁练骑马，稍有松懈轻则拳脚，重则棍打，身上到处是伤。

后来师傅教他驯兽。对他说，任何动物都可被人驯服，驯兽师不可在动物面前软弱。

他驯服了很多动物，也和它们产生了感情，可是没有哪个动物比得上他和羊亲。晚上，他带着它一起睡，还和它说话，它温顺的眸子使他感觉不到夜是那么孤独。它是他的朋友、兄弟。

尽管马戏团备有干草，但他很少用干草喂它。每到一处，安顿好营地，他就带它出去（他们的马戏团多在乡村表演），找一片草地，让它吃鲜嫩的草。有时候，他还学它的样子，扯几棵草叶在嘴里嚼着，朝它做鬼脸。

它终于和他配合了，他的一个眼神，它就明白他要它做什么。它的一个眼神，他也明白它要表达什么。他们成功表演了一个又一个节目。

刀在草地上飞快地走着，在多宝听来，就像是它啃草的声音。他想，多嫩的草呀，你一定喜欢吃。

有一天多宝突然发现自己的伙伴老了，胡子呈土黄色，无精打采地弯蜷着，毛像一件露着棉絮的破棉衣，行动明显不是那么敏捷了。

　　记得最后一次表演，它好不容易才爬上架子，在钢丝上接连打了几个颤，它真的是力不从心了。好在它最终没有摔下来，完整地表演完了最后一个节目。

　　下场后，它就倒在地上直喘气。第二天走路都困难了——它是再不能表演了！

　　马戏团的动物老得不能再表演时，多半是被屠宰手廉价买去杀了。这次多宝自己出了钱，把这个退役的伙伴留在身边，给它喂草，喂水，帮它洗澡，剪胡子。

　　它毕竟是老了，这天早上，多宝发现躺在身边的老羊已经硬了……

　　夕阳的余晖把河坡涂成青紫色，多宝站起来伸伸酸了的手臂。他已割了一整天的草了，身后，已堆成了个小山似的草堆。他说，伙计，准够你吃的了。

　　他把草一捆捆向不远处的一个小土丘运去。它的伙伴——那头老羊，就埋在那里。

　　明天，他们的马戏团就要到另一个地方演出了。

宾尼的铃铛

宾尼有一个铃铛，是二叔送给他的。

这是个不大的铁铃铛，只比龙眼果大一点点，是二叔小时候放牛挂在牛犊脖子上的，牛犊一走路，叮叮当当响。后来家里不养牛了，二叔就把铃铛收了起来。

宾尼的家在柬埔寨东南部一个贫瘠的山村，只有一小片山林和两块贫瘠的庄稼地。爷爷奶奶去世后，二叔跟着宾尼的父母过，哥哥嫌他笨手笨脚，嫂子也常给他白眼。

这年春天，二叔决定出去找事做。

二叔特别喜欢宾尼，常带他去河边捕小鱼，捉小虾；去山里打野兔，套野猪……有说不完的乐趣。

二叔走时，宾尼依依不舍，二叔转身去房里拿出件东西，宾尼一看，是个发黑的铁铃铛。二叔说，摇这个铃铛，二叔就知道是你想我了，回来就会带好东西给你。

宾尼把铃铛放在自己的小箱子里，想二叔时，就把铃铛拿出来摇，在心里说，二叔，宾尼想你了，你听到了吗？

临近新年，宾尼每天都把铃铛拿出来摇一遍，盼着二叔早点回来。果然二叔回来了，给他带来了个电动小飞机，还有顶迷彩小帽子。宾尼高兴得爬到二叔的背上拍着二叔的头，问二叔在外面什么地方，做什么。二叔说，在马德望，盖大楼。

开学时宾尼把小飞机带到学校去玩，一开钥匙就呜地飞了。同学们都羡慕死了。宾尼说，知道吗，是我的二叔带给我的，他在马德望盖大楼。

可下一个新年，二叔没有回来。守岁夜晚上宾尼把铃铛拿出来摇，希望突然响起二叔的敲门声。可没有。

有一次，宾尼的数学考试没考好，回来被妈妈骂了，宾尼委屈得哭了。他又把铃铛摇了摇说，二叔，宾尼想你了，怎么不回来和我玩呢？

好多同学都有各式各样的新玩具，宾尼还是玩着二叔以前带给他的旧玩具。同学们都讥笑他，说宾尼你二叔又给你带来什么好礼物呀？宾尼急了，把那个铃铛带到了学校，说这就是我二叔给我的礼物！

同学们一看，是个锈铃铛，都哈哈大笑起来。

宾尼委屈得流下泪来，埋怨二叔，怎么说话不算话了？

爸爸贩马挣了一些钱，后来又办了个板材加工厂，生意不错，宾尼家盖起了村里最大的楼房。宾尼有了好多新玩具，二叔一直没有回来，他也不再惦记二叔带给他礼物了。

宾尼暑假的时候，爸爸带一家人到马德望旅游。宾尼还是第一次来到大城市，头一回开碰碰车和骑大象，开心极了。

没想到就在马德望，他看到了二叔。这天，他和爸爸妈妈从一家商店出来，看到一个人，挎着一个又脏又大的塑料袋，在垃圾箱里拨拉着。虽然这个人灰头土脸，他抬起头来的一瞬，宾尼还是认出来了——不正是二叔吗？他大叫起来："二——"可"叔"字还没出口，就被妈妈捂住了嘴。那个人低下头，匆匆消失在人群中。

回家的路上，妈妈阴着脸说，早听说他在西部捡破烂，果然没错。爸爸说，我早知道他不会有什么出息。

长大了的宾尼，懂得了很多事情。他常打开童年的小箱子，拿出那个小铃铛，摸了又摸，却不敢轻易去摇。偶尔，铃铛不经意地响了一下，他在心里说，二叔，你知不知道是宾尼在想你呢？

转眼六年过去了，宾尼已是一个英俊的小伙子，还有了一个漂亮的女友。他从农林大学毕业后，在家乡承包了一片橡胶林，二叔已被他从马德望接回来，帮着照管橡胶林。宾尼还把那个铃铛带到胶林边的房子里，说它可是二叔送给自己的最好的礼物。

当当当——二叔正在割胶，知道又是宾尼在喊他回去吃饭呢。他朝胶林边的房子看了看，果然，宾尼和他的女友都站在门口等他呢。

宾尼手里拿着那个铃铛，朝他扬着。

祖父的酒壶

我家里有一个很旧的军用水壶，水壶是我祖父留下的，他很爱喝酒。祖父是个鞋匠，每天出去，都不忘把一个军用水壶往腰间一挎，那里面装着酒。他干活歇息的时候，就从口袋里掏出两颗花生米嚼着，喝一两口酒。

说起来，祖父在伪县政府当过差，其实也就是个勤杂工，主要负责扫地。有个国民党勤务兵和祖父很谈得来，两人经常在一起聊天。那个勤务兵调离时送给他一个军用水壶，祖父当宝贝似的收着，后来就成了他从不离身的酒壶了。伪县政府倒了以后，祖父就在城里学了鞋匠的手艺，摆了个修鞋摊。祖父晚上回家，带个咸鸭蛋，就是下酒菜。我和弟弟看着咸鸭蛋，直流口水。祖父就说，想吃吗？这是下酒的，想吃得喝点酒。说着就把军用水壶递到我们面前。我们只用舌头在壶口舔了一下，只觉得很辣很辣，祖父就用筷子挑一点点鸭蛋给我们吃。

那时村里人都很穷，祖父因为在县城修鞋，日子过得比别人滋润些，这引起了一些人的忌妒。"文革"期间，村里要批"地富反坏右"，有人就把祖父在伪县政府当过差的这桩历史翻了出来，他就成了批斗对象，补鞋工具被砸了，说他修资本主义的鞋，过着资产阶级的生活，整天喝酒！批斗会上，祖父腰间的酒壶，被造反派一把拽下，踩得扁扁的。

晚上祖父摸到开批斗会的地方，在土沟里找到了酒壶。回到家，他用一节钢筋从壶口伸进去，把瘪了的地方弄鼓起来，最终酒壶被弄得疙疙瘩瘩的，像个大蛤蟆似的。祖父照例灌了点酒进去，狠狠喝了一大口，然后把酒壶收了起来。

那时，祖父喝的都是打来的散装酒，多是6毛钱一斤的"山芋干酒"，最好的是 8 毛一斤的"高粱酒"。后来，父亲到乡中学当了教师，母亲在家种地，农作物也是年年丰收。生活好了，我们家不再买散装酒了，经常喝家乡产的名酒高沟、洋河、汤沟等。酒的包装也越来越漂亮，但祖父还是习惯把酒倒进那个军用水壶喝。有一次祖父说，听说茅台酒很好喝，不知到底是什么滋味？我说，等我长大了挣钱，一定买一瓶给您尝尝。

但祖父没有等到这一天。他临终前从腰间摘下酒壶，递我到手中，说："把这个留下，想爷爷的时候，就为爷爷斟两口酒……"

后来，我到广州工作，工资不低，去年我的一篇科技论文还得了行业大奖。我买了两瓶茅台，春节回家时带了回去，刚一打开，那醇厚的芳香满屋四散。父亲抿了一小口，连夸好酒，真是难得一尝呀！突然，父亲沉默了，望了望墙上的那个旧水壶，说，可惜，你爷爷没能喝上这么好的酒。他取下酒壶，倒了些茅台进去。我和父亲来到祖父的墓地，虔诚地向祖父敬了三杯酒。我们告诉他，我们赶上了好时代，过上了好日子。

但我还是常常想起祖父的那只破军用水壶，怀念那里面飘散出的淡淡酒香。回忆是为了珍惜，往事是我们心灵的养分，每当想起逝去岁月里那辛酸的一幕幕，我会倍加珍惜来之不易的每一点幸福。

唱歌的冰棒

我在《家庭》杂志做记者时，同事去河北采访，回来向我讲了一个企业家的故事。

企业家出生在冀北一个很偏僻的农村，家家都很贫困，连炊烟都是瘦的。他的妻子是个贤惠、勤劳的女人，不幸的是，30岁那年患了不治之症。临终前的那些日子，几天吃不下一口饭。这一天，妻子张了张嘴，说她想吃东西。她已经几天粒米没进了，嘴唇都干得起了泡。他问妻子想吃什么，妻子说想吃冰棒。他大步跑出家门，直奔小镇，到镇上才明白，根本没有卖冰棒的。那时，冰棒在城里已不是稀罕物了，可在这里，吃冰棒还是奢侈的享受，小镇上没有一家卖冰棒的，更别说冷饮店了。冬天孩子们常去敲河里的冰，把冰块捞起来当冰棒吃。

当天开往县城的唯一一班客车已在早上开走了。他顾不上多想，立即回来跟邻居借了辆自行车就往县城赶。

到城里他买了两支冰棒，装进塑料袋，又用一截破棉裤腿严严实实地裹着，放到包里，然后把车轮蹬得飞快。可是，待他赶回家里，妻子已闭上了双眼。而塑料袋里的冰棒也已化成了水……

企业家讲到这里，泣不成声。妻子是个淳朴的女人，从认识到结婚从没主动跟他要过吃的东西，包括生病期间。

妻子死后，他悲痛地离开了家乡，到城里先是贩鱼，后来开了个水产品批发部，规模不断扩大，成立了水产品开发公司。

那年夏天，他走在街上，看见一个母亲和一个孩子，手里各拿一支冰棒，脸上荡漾着甜美的笑容。想起妻子临终竟没能如愿吃上冰棒，他心如刀绞，走到一个冷饮摊前说，箱里的冰棒我全包了。他给了押金，叫了辆车，来到妻子的坟前，把一箱冰棒一支支插到妻子的坟上。冰棒在烈日下融化了，他看着是一滴滴泪，浸湿了坟土……

以后，每年夏天，他都要去给妻子上坟——运去一冰箱的冰棒，插在坟头。接下来发生一件意外的事。这一年夏天，企业家又来为妻子上坟，往坟上一支支插着冰棒。

这时，他好像听到身后有一点儿声音，转过身，一个小男孩怯生生地站在那儿。他似乎不认识，问，你是哪家的孩子，来这里做什么？孩子说，叔叔，我想吃一支冰棒……

他愣住了，没想到孩子会提这个要求。把祭品给孩子吃真是个罪过，他真想立即为孩子买来最好吃的冰棒！但现在也只好如此了，他连忙把手中的冰棒给了孩子。

他问孩子，好吃吗？孩子说，好吃，又凉又甜。他问你平时吃过冰棒吗？孩子说没有，我们这里没有卖冰棒的。他说告诉我你家是哪里的，下次叔叔回来给你带更好吃的雪糕。小男孩用手一指——正是企业家的家乡。企业家震惊了！他没想到，现在家乡的孩子仍没有冰棒吃。要知道那已是 1997 年。

回城后，企业家把自己的公司转让了，用所有的资金在家乡办了个冰棒厂，他要让家乡的孩子、家乡的人在炎热的夏天都能吃上冰棒！

由于他是怀着这个愿望办厂的，因此产品的质量上乘，价格却十分低廉，很快打开了市场，企业不断壮大，由起先的小冰棒厂发展到了生产冰激凌、雪糕系列冷饮品的大型企业。

企业家不但实现了家乡人人都吃上冰棒心愿，还充分解决了当地富余劳动力的就业问题，受到了当地群众的拥戴。那个向他要冰棒吃的小男孩如今已是厂里的技术骨干，企业家和他的企业都在这里深深地扎下了根。

夏天你来这里，常能听到冷饮厂的年轻人上下班时唱着这样的歌儿：

我们是快乐的冰棒

盛夏带给你一片清凉

烈日下看到你舒展笑容

我们的心情像风一样……

法官杜恩和泰金拉

泰塔村的人最近都在议论着这件事。

风烛残年的寡妇泰金拉病了，孤苦伶仃的没人管。是法官杜恩把她送进了医院，并像亲人一样照料她。不用说，杜恩还掏了全部的费用。

村里人都知道泰金拉年轻时是个风骚的女人，自从嫁到泰塔村就没安分过。说来，泰金拉也是命苦，她是个美人，求婚的小伙子可不少，可父母贪图钱财，硬逼她嫁给跛了一条腿的砖窑主。

嫁过来后，泰金拉老实没几个月，就和村里一个后生偷情了。先还藏着掖着，一次，两个人在一起被砖窑主捉住了。后生被砖窑主砸了一砖头，跑了。泰金拉被砖窑主揪着头发，拳打脚踢。不过，她一点没哭。真是个倔女人。

后来，她干脆公开偷人了。不但和那个后生，还和另外两个男人好着，其中一个是长得很丑的劁猪匠。她在村里的名声无疑坏透了，都说她是骚猪、母狗。

砖窑主在一次砖窑塌方中死了，泰金拉没有再嫁，风流的本性却没改，只要村里有心思招惹她的男人没有不能得手的。

泰金拉风流成性，却一直没有生育。老年的泰金拉，孤苦伶仃。那些和她苟合过的男人都风一样散去了，她卧病在床，竟没有一个人来探望。

多亏法官杜恩有颗菩萨心肠来拯救她。人们都知道杜恩是个好人，自小到大从没做过让人说出不是的事来，当了法官后，更是办了不少公正的案子，受人尊敬。

杜恩也是个近 60 的老人了，但腰板挺直，头发浓密，在人们看来，他一直是一棵挺拔的大树。只有杜恩自己知道，如果把这棵大树剖开，就会露出岁月深处的伤疤。他想起偷过面包店的一块面包，想起偷砍邻居家的一棵竹子做鱼竿，他还想起了泰金拉。

那时杜恩还是个后生，或许只能算是个少年。村里关于泰金拉的传闻他当然知道，但以前没有往深处想过。这是个星期天，他在家看了一本小说，里面有个情爱的章节，使他感到一种渴望。他巧妙地打听到砖窑主出远门送货了，晚上，他摸到了砖窑主家。他家和砖窑主家相距不过几十米远。

果然，泰金拉听见敲门声，没有迟疑地开了门。一看是他，倒愣住了，但她还是让他进来了。

他的心咚咚乱跳，嗫嚅着："我，我……"

泰金拉穿着连衣裙，可能刚沐浴过，头发湿湿地披在肩上，漂亮的脸蛋在灯光下显得比平时更柔美，以至使他忘了她和自己年龄的差异。

她看到了他的眼神，脸竟红了一下。她给他倒了一杯水，说："孩子，你渴了吧，喝了这杯水。"

他没有接杯子。他想靠近她。

她说："我是个不值钱的女人，你知道我和村里很多男人都有那事。可是你不一样，你是个有出息的人，别让我玷污了你。"

他被她的话说得愣在了那儿，手足无措。

"快走吧，孩子。记住，你从没来过我这里。"

她关上了门。那个夜晚就这么过去了，没有一点痕迹。在别人心目中他一直是个懂事守规矩的孩子，直至考上了大学，成为一个正直的法官。

工作不久，他就谈了个女朋友，是个漂亮的姑娘，也是学法律的，和他是同事。

一直，他都记得她说的"你是个有出息的人"。

不能想象，如果，当年她真的满足了他，那么他日后会感到多么的羞辱，心灵的霉斑又会扩散到何处？是她使他懂得了自爱，是她使他认识了人的尊严和崇高感。

泰金拉半身不遂，在她生命的最后时刻，杜恩一直尽心照料着她，喂汤喂药，搀下扶上。医生说，杜恩法官真是个难得的好人呀！

泰金拉安详地去了。葬礼上，杜恩在她的额头庄重地吻了一下，心中默念：让上帝宽恕你的过错吧，你是个圣女！

是的，泰金拉也许是个荡女人，可当年她对杜恩的拒绝却是很高尚的道德。

保 姆 阿 珠

阿珠来这个城市五年了，她虽然多少也算有点文化，可高中学历在这年月里有什么用呢？起先在工厂打工，干的都是又苦又累的活。后来结识一个做保姆的老乡，她说做保姆虽然工资不高，可毕竟吃住不愁。阿珠爱好看书，可在工厂里整天累得散了架，晚上回到宿舍，哪还有看书的闲情，于是阿珠便选择了做保姆这一职业。

阿珠经人介绍到林姨家。林姨快 60 岁了，老伴 10 年前就去世了，有个儿子住在厂里，很少回来。林姨最近突然变得痴呆呆的，走路也不稳，吃不下睡不好，医生说是轻度忧郁症。阿珠每天扶着林姨出去晒太阳散步，和她聊家常。

林姨的精神愉快起来，大脑也清醒了许多，给了阿珠 100 元奖金，还送了一套衣服。林姨还对她说："我没有女儿，你就把这儿当成自己的家吧。"林姨性情温和，阿珠也把林姨当亲人一样看待。

一天晚上，阿珠帮林姨洗完澡，准备扶她进屋睡觉，楼道里响起了一阵嗵嗵的脚步声，门被砰的一声撞开了，进来的是一个 30 多岁满脸胡茬的男人，他瞟了一眼站在门边的阿珠，径直走进了另一房间。林姨神情沮丧地说："阿珠，他是我的儿子大宽，唉……"又拉着她走进厨房指指自己的脑袋小声说："大宽这里有问题，这么大了还没成家，厂里只给了间单身宿舍。唉，最近又下岗了……"林姨的话还没说完，房间里就传来了大宽的喊声："喂，那个新来的'阿姨'，快给我做饭吃，我饿坏了！妈，怎么搞的，我的床单为什么没换？"

自此后大宽一天到晚手里拿着酒瓶躺在厅里的沙发上看光碟，经常看到晚上两三点钟，睡到第二天中午才起床，一起来就喝酒，整天喝得烂醉。还隔三差五的约一些狐朋狗友来家里打牌，输了钱就向母亲要，不给就叫嚷。阿珠真不想在他家做下去了，但看到林姨已经被儿子欺负得够可怜的了，自己一走，林姨身边连个照应的人都没有，心就软了。再想想大宽，都三十好几的人了，连个老婆也没有，也怪可怜的。

林姨告诉阿珠，大宽脾气原本不是这样，中专毕业后在工厂谈了个女朋友，人挺漂亮，后来这姑娘和厂长的儿子谈上了，就和他分手了。自那以后，大宽就再没谈成女朋友，脾气就变得坏了。阿珠听了也是百感交集，对大宽也理解了许多。她总是不声不响地帮大宽把房间收拾得干干净净的，还经常给大宽沏上一杯热茶。

过了几天，大宽又回来了，一进门就说他要卖房子，要母亲拿出房产证来。林姨不应，他吼道："我找不到工作，要弄点钱做生意！"林姨说你是不是疯了？大宽竟掏出打火机，打着了举到母亲面前叫道："反正我已经豁出去了，不给房产证我就把这房子烧了！"林姨气得双唇发抖，阿珠冲过来使劲推开他紧紧抱住林姨，"你母亲血压高，你怎么能这样对待她！大宽，你还像个人吗？"平时，阿珠总是叫他宽哥，这一声大宽使他产生一种异样的感觉，大宽悻悻地收起了打火机。

时间长了，大宽似乎温顺了许多，看阿珠的眼神好像都变了。牌友们散去后他就躲到自己的房间一言不发。有时林姨外出时，屋里只有他和阿珠两个人，竟感到很不自然。有一次阿珠到他的房间给他倒茶，他顺势握住阿珠的手说，阿珠，做我的媳妇吧。阿珠红着脸跑开了。

林姨的身体完全康复了，阿珠提出回去一段时间。走时她留下一张纸条，让林姨交给大宽。

大宽拿起阿珠留给他的纸条，上面写道：一个对自己母亲都不好的人怎么会对媳妇好呢？什么时候你从内心对你母亲好了，我再回来。

大宽抱着头蹲在地上，好久没有起来。

暖 冬

伊萍走在下班的路上，初冬的晚风已有点寒意，她不由得把丝巾紧了一下。

当她走到离家不远的一个巷子时，突然看到一个老人，在打羽毛球。可这一幕却在她心头引起了细微而又强大的波澜，甚至说是震撼。那是个怎么样的打法呀——一个老人，没有搭伴，他把羽毛球往墙上打，球从墙上弹回来，他再打回去，就这么依靠墙的反作用进行运动。而这个老人正是自己的公公。

伊萍不禁想起昨天和阿度的一场争执。他们家里养了一条狗，虽说是普通的家狗，但它听话、机敏、活泼，伊萍和阿度都很喜欢。有时伊萍和阿度吵架，它会跑过来，叼叼这个的衣襟、那个的衣角，想把他们拉开。

广州的冬天不冷，事实上只相当于内地的深秋。但广州人还是要把它当冬天过的，照样穿羊毛衫、棉袄，穿羽绒服、戴手套。进入初冬，天气转凉了，伊萍看到街巷里跑着的狗，穿着主人缝制的各种各样的保暖小衣服，觉得很有趣。于是，她回家也找出一件旧衣服，想给自家的狗缝制一件橘红色条纹的保暖服。

就在她缝制的时候，阿度问她在干吗，她说天冷了，给狗狗做一件衣服。阿度立即咕噜了一句，无聊。见阿度冷冷的脸色，她问，你这是什么意思？阿度说广州的冬天根本不冷，有必要吗？她说，什么叫有必要和没必要？我看人家好多人家都给狗狗穿了。阿度说，狗有天然的抗寒能力，即使在北极的狗也没必要穿人缝制的所谓衣服，我看这么做只能使狗的防寒功能退化。就如鸡当年会飞的，可人把它驯化为家禽之后就失去了飞翔的能力了。她立即反驳说，你跟动物学家似的，我看扯得太远了吧，我只知道这显示对狗的爱心。

爱心？阿度不屑地说，我看这是变态，人的无聊娇宠的心理。大街上那么多乞丐、流浪儿我倒没看见几个去献爱心。现代人对同事、朋友，甚至对亲人都冷漠，却热衷于向宠物献爱心，我看是莫名其妙。伊萍被激怒了，你什么意思，我冷漠吗？我对同事不友好吗？对你和阿合（他们的儿子）不够关心吗？说着竟抽泣起来了。

昨天自己感到很委屈，可刚才看到的这一幕却使自己一下子清醒过来了，感觉阿度昨天的牢骚有几分道理。

公公早已退休，今年快70了，老伴离世已有10多年了。自己和阿度结婚后不久就和公公分开过了，他们建的房子就在附近，公公依然住在金笔厂宿舍，彼此相隔不过几十米远。在路上也常碰到公公，但他们去金笔厂宿舍明显少了。阿度曾向她提议过，应该经常去看看老爸。她心不在焉地说，他身体好好的，在路上也经常看见他。

这几年，忙于工作，忙于家务，忙于照看孩子，更是极少专门去看公公了。有时阿度去金笔厂宿舍，喊她也嫌不耐烦。她只想到公公有退休金，再加上他们每月给他的养老钱，生活没忧愁的。今天才看到，一个和墙壁打羽毛球的人，日子该有多寂寞。

阿度为狗穿衣服和她争吵，也许内心正是埋怨她不关心老人呢。说实在的，自己不是没有爱心的人，可是，就算人们并不乏爱心，可有时候因为狭隘使这种爱变得迟钝了。

一路这么想着，不觉已到家门口了。她没有开门，转回身，到附近的商场买了一件羊毛衫，然后又买了点水果，往金笔厂宿舍走去。

老杜爱上海

老杜是东北人，来上海已有二十几年了。

20世纪80年代，土地改革解决了农民的温饱问题，老杜想出来挣钱，一脚就闯到上海来了。为了省钱，白天去工地打短工，晚上就睡屋檐和桥洞。一个姓姚的阿婆看这个小伙子是个规矩人，就把他领到家里去住。姚阿婆是个孤寡老人，只有一间屋子加一个过道。她就让老杜住在过道里。

过了些日子，姚阿婆通过一个邻里给老杜找到了一份送煤的活，一户户送蜂窝煤，每天能挣七八块钱。

那阵子，姚阿婆每天早上都给他煮一大碗热腾腾的开洋葱油面，是姚阿婆使他这个外乡人体会到这个大城市的最初温情。从此老杜就爱上了上海。

老杜送煤一送就是几年。后来，他常送煤的一户人家的先生，帮他介绍了一个看厕所的活，这比拉煤轻松多了。老杜每天把厕所清理得干干净净，使人进去清爽无比。晚上回去，老杜从菜场顺便买菜，和姚阿婆一起做饭。老杜最爱吃千张结烧肉和生煸蚕豆，还学会了喝绍兴黄酒。吃过饭，一老一少坐在弄堂口摇着芭蕉扇子聊天，那真是一段难忘的时光。

可惜，不久姚阿婆因病去世了。因姚阿婆没有子女，街道破例让老杜继续住着姚阿婆的房子。

老杜站稳了脚跟后，把两个儿子也带来上海打工，老杜也不那么寂寞了。

几年下来，老杜也积攒了些钱，在老家盖了一栋楼房，为大儿子娶上了媳妇。

新的区域规划使姚阿婆的老屋和老杜看的厕所都在拆迁范围之内，虽然老杜也得了一部分补偿，但丢了饭碗。

老杜一无技术二无专长，只好继续到建筑工地当小工，拉砖，拉水泥砂浆。这活累，拿的钱又少。在一处工地上，工程结束，黑心的老板把款一卷，跑了。老杜近半年的血汗白流了。

日子虽苦，但老杜很乐观，从不抱怨什么，整天乐呵呵的。刚来上海那会儿，老婆问，上海好吗？他说，上海好呀，米很香，就是碗老小，一碗两碗总是不饱。

老杜喜欢上海，说上海气派、热闹，更重要的是上海人好。尽管老杜也被人瞧不起，也遭过白眼，这个城市让他流汗，也让他流过泪，但他还是爱它。"总的说来，它不坏。"老杜是这么总结的。是好心的姚阿婆使自己在上海有了家；有一次病了，是邻居为他去叫医生，还熬汤给他喝；每年中秋，都有邻居送月饼给他吃。

老杜在外滩照了两张照片寄回家，孙子见了，说上海的大楼真高呀。老杜说，你爷爷就是在上海盖大楼的。等你长大了，带你来看看爷爷盖的大楼。

老杜常自豪地说，大上海的发展，也有我老杜的几滴汗。

这几年，两个儿子在上海干得不错，挣的钱也不少，二儿子还当上了电子厂的班组长。他们见老杜年纪大了，在工地上干太累了，就劝他回家歇着去，带带孙子，享点清福。老杜也确实有点想家，就回去了。

可是待了些日子，感到浑身不自在。他一不打牌，二不会扭秧歌，日子无趣、难熬。他辗转反侧几个夜晚，最后还是决定来上海。老婆睁大了眼睛，说，你没病吧？这把老骨头还折腾什么呀？

老杜说，真的，我在家待不下去，待久了，非闹病不可。

来到上海，巧遇了以前的一个工友，他现在已是一个小区的物业主管，他说刚好他们那里缺个保安，问老杜愿不愿干。老杜一下子愣了，他说我怎大岁数了，行吗？工友说，行。

老杜穿上保安服，感到很精神，仿佛年轻了许多。这回孙子见了他的照片在电话中问："爷爷你当警察了？"他说："不是警察，是保安。"愣了会又说："反正都是管坏事，做好事的。"

有一次一个外地人来上海，问路问到了老杜，那段地形复杂，说了那人也搞不清，老杜干脆穿过几条弄堂，把他送到了目的地。那人说，还是上海的保安好呀。

老杜很自豪，走了几步，突然转身丢过去一句话："上海更好！"

石　匠

冯家洼有两个石匠，一个姓贺，一个姓洪。

两个石匠门对门，洪石匠是孤儿，贺石匠也只有一个爹。两人一同拜师，学同样的手艺，师成后自然而然成了搭档。在冯家洼一带，只要你看到背着帆布卷儿的两个石匠，不用问准是贺石匠和洪石匠。

一副门石，一人一半，凿成后，就像出自一人之手。一对磨盘，一个凿上盘，一个凿下盘，完工了，两个磨盘一合，豁嘴吃甘蔗——正卡。这样，冯家洼一带人家有石匠活，不管需工日多少，请贺石匠必请洪石匠，请洪石匠必请贺石匠。

有一日，和贺石匠有点疙瘩的人来请洪石匠没有请贺石匠，洪石匠嘴上答应了，却磨磨蹭蹭不走。那人醒悟了，只好硬着头皮去了贺石匠家。洪石匠这才背起包着锤头、凿子的帆布卷儿。

可没人想到这一对亲如兄弟的石匠之间也会闹出矛盾来，原因是贺石匠染上了赌瘾，任凭洪石匠怎么劝就是不听。洪石匠自己和冯大的婆娘好，不知道贺石匠也被这个婆娘勾上了。这女人表面老实乖巧，骨子里却是个水性杨花又贪财的人，贺石匠的血汗钱哪填得下这无底洞，便染上了赌博的恶习。赌又常输，便向洪石匠借。洪石匠劝他不过，只好多少借点给他。对半分的工钱，有个零数也都归了贺石匠。

漏屋偏遭连夜雨，贺石匠的爹突患重病。贺石匠身无分文。只好去找洪石匠，想借5000元替爹看病。洪石匠叹口气，摇摇头："那么多数，我真的拿不出来。"

贺石匠愣了，他没想到洪石匠在关键时刻不帮他。"没钱，纯是鬼话！"——

这话贺石匠没说出口。他一直和洪石匠一起做工，洪石匠有多少钱，他清楚。贺石匠在心里恨洪石匠不够仗义。

从此以后，贺石匠和洪石匠虽在一起做工，但话明显少了。

再后来，两人干脆各干各的活了。

有一回，洪石匠外出做工回来，在半山腰被人用石块砸了后脑勺，掏了工钱，推下了悬崖。被人发现，救了上来，已经不行了。

贺石匠来看洪石匠，洪石匠示意看他的人都出去。他断断续续地对贺石匠说："老兄，我知道你对我有成见，其实我也是有苦难言啊。你不知道，我跟上了冯大的婆娘，她答应我要和冯大离了嫁我。时间久了，我才觉出她只是想诈我的钱。那次大叔生病你向我借钱，我手里确实没有啊——都被那个女人吸去了。这事我又不好对你说。后来，我就再也没有上她的当了。"说着，洪石匠从枕下摸出一个布包，对贺石匠说："这次，我被人下了黑手，其实我身上不过有两月的工钱。唉，人哪！我恐怕活不成了。你我都是孤身一人，上无老下无小，我这点积蓄，你就留下吧。望你千万别再赌了，找个好女人，成个家好好过日子。你我做了多年石匠，却活得不实在，没有石头硬气。望你争口气，活出个人样儿来……"

洪石匠去世后，贺石匠一改恶习，本分地做手艺。后来，娶妻生了子，一家人过得和和美美的。

贺石匠老了，不再替人家做石匠活了。他叫家人把沉沉的一块大石头运到洪石匠坟前，整天在那儿凿打，常到深夜。家人不知他要干什么，劝也劝不住。

一天夜里，贺石匠没有回来。家人找到荒野，贺石匠直挺挺地跪在洪石匠的坟前。再细看，却是一尊石像。

贺石匠手握锤凿，倒在一边。

白　莲

村长白士绅的二女儿白莲是大蒲村出色的美人儿。

那年月，穷苦人家的闺女都长得黄瘦黄瘦的，毫无青春气息。白莲就不同了，养得白白净净，粉嫩粉嫩，正如一朵开放的莲花。

尽管白莲不像她的姐姐刻薄刁钻，盛气凌人，可村人对她并无好感，因她有个作恶多端的爹。恶霸的女儿越长得好看越是遭人骂的，人们背后都称她小妖精。

小妖精偏偏和穷寡妇的儿子刘大铁好上了。她爹知道后，自然不让，对白莲严加看管，白莲很少在村里走动了。白村长还常找大铁家的茬儿，吓得大铁的母亲一把鼻涕一把泪地求大铁："铁儿，我们孤儿寡母的，哪能高攀人家。就是娶过来，也养不起呀，还是死了这条心吧。"

大铁就狠狠心把白莲忘了。不久，就娶了村里杜石头的女儿。

日寇兽蹄践踏中华大地，大铁领了一帮穷苦人成立了游击队，打鬼子，除汉奸，骁勇善战，令敌人闻风丧胆。鬼子几次悬赏捉拿刘大铁未果。

那次日本鬼子包围大蒲村的时候，刘嫂已被乡亲们掩藏好了。

告密刘嫂就是大铁正怀上了孩子的妻子的，正是白村长。他在回来的路上被游击队截住掏了口供就一枪给崩了。

全村人都被赶到打谷场上，男的归一搭，女的归一搭；老的归一搭，少的归一搭。人们不知鬼子耍什么花招。指挥官左木对着大家嘿嘿奸笑两声，发话说："大日本帝国爱护百姓，只要忠于大日本帝国，就是良民，皇军是不会伤害你们的。今天，你们只要交出刘队长的太太，全村人就相安无事了。

人们沉默着，回答他们的只有一双双愤怒的眼睛。

"你们说还是不说？"一个副官大吼道。

人们仍是一声不吭。

"激怒了皇军，可是要杀头的！"一个汉奸虎着刀条脸。

几个日本兵把枪栓拉得直响，左木朝他们摆了摆手，阴险地冷笑道："你们不说，可别怪我不客气。听说刘太太怀着孩子，我倒要看看她的肚子究竟有多大了。如你们不交出她来——"他把指挥刀朝女人们一挥，"就将她们的衣服全扒了！"

"畜生！""龟孙子！"人们在心里咒骂着。他们知道，日本人是什么事都做得出来的。

"不说，就给我脱！"左木一声令下，鬼子向女人们走来。

"慢！"这时，白莲从人群中走了出来，声音不是很大但很坚定，红绸缎棉袄把她的脸蛋映得很白。

白莲走到指挥官面前，平静地说："俺就是刘大铁的媳妇。"

人们一下子惊呆了。

指挥官阴险地笑着："把她的衣服扒了，看看是真是假。"

男人们都背过脸去，女人们低下了头。

白莲被鬼子凶残地杀害了。

至于白莲是怎么怀孕的，没有人去探究。大蒲村人也头一回没有把一个黄花闺女怀孕和"耻辱"这个词连在一起。

那些日子，远远近近都传颂着：大蒲村出了一个女抗日英雄。

信　　缘

　　这是一个老故事。

　　老庚是这个小城名声极好的老邮差，为投这封信他已放弃好多休息时间了。

　　信寄自台湾，收件人英儿，收件人地址是小城莲花街。可莲花街早在解放初期就拆除了，居民迁到哪儿的都有。老庚几乎跑遍小城的大街小巷，也没找到收件人。他询问了户籍警，确证小城现没有英姓。手捏这封"死信"，老庚一筹莫展。突然他眼前一亮：英儿——按中国人的取名习惯，会不会是一个人的小名呢？想到这，他的信心又来了，利用上班时间，走街串巷，打听小名叫"英儿"的人，可找了十多个小名叫"英儿"或"英子"的，都不是收件人。

　　一日晚餐后，他和老伴闲聊时讲了这件事，叹口气说："唉，人家寄件人还不知如何着急呢！"老伴道："哎，你不能按寄信人的地址和姓名给人家去封信问个详细吗？看收信人姓名和地址有没有弄错？"

　　"这倒是个好办法。"老庚呷了一口茶，"想不到你老太婆头脑比我灵光，这事明儿就办。"

　　第二天，老庚就向台湾发了信。

　　寄件人傅先生很快复了信。信中说，他的父亲几个月前仙逝了，临终前留下遗愿——将骨灰运回大陆安葬。但他们傅家在大陆无一亲人，来大陆安葬似有不便和不妥。唯一知道的是父亲在大陆时和莲花街一首饰匠的女儿有一段情缘。遗憾的是父亲临终前却怎么也记不起她的姓名，只记得她的小名叫英儿，还恍惚记得英儿左脖颈上有一月牙形胎记。父亲嘱他尽力找到英儿，以了却夙愿。傅先生在报上登了几次寻人启事，都无效果，最后又怀一线希望，投书一封。

老庚被傅家一片诚心所动，他决心尽力找到英儿。

过了些日子，傅先生接到老庚来信，说已打听到了英儿的下落……

傅先生很快和英儿取得了联系。不久，他就携妻女来到小城。精神矍铄的老太婆英儿热情接待了傅先生一家。傅先生吐露了欲在大陆认亲的心愿，老人爽快地答应了。

选一个吉日，傅先生和妻女随英儿来到郊外的一块向阳坡地安葬了父亲的骨灰。

回台前，傅先生送英儿一大笔钱和两副玉手镯，都被老人婉拒了，她只收下一对宝岛椰雕。

傅先生还专程到邮局谢了老庚。临别，老庚赠给傅先生两盒《中国民歌》磁带。

"岁月无情啊！傅先生和他故去的父亲大概不会想到，英儿早已不在人世了。"送走了傅先生，老庚发出沧海桑田般的感叹。

"这回也算帮你做了桩善事。"老伴抹去左脖颈上特意到美容院做的月牙形胎记说。

河北文学院第四届签约作家。曾在《中国文学》《新华文学》等国内外的 100 余种报刊发表文学作品，其中 100 余篇被《作家文摘》《特别关注》《世界微型小说经典》《微型小说鉴赏辞典》《小小说精选》（外文版）等选刊、选本转载，80 余篇作品入选中学生教辅用书。连续两届获《微型小说选刊》举办的新世纪全国微型小说大奖赛最高奖，曾获年度中国微型小说排行榜一等奖。数篇作品被译成英、法、日文介绍到海外。荣获"冰心儿童图书奖"的作品集《刻舟求剑的意外收获》被三次再版发行。

魏金树卷

谁偷了曹操同学的手机

刘备同学偷了曹操同学的手机。这件事在校园里掀起了轩然大波。

在班主任刘老师的办公室里，刘备呜呜地哭了，哭得很伤心。

几天前的一个早晨，班长曹操同学的手机在宿舍里被盗了。曹操与刘备、孙权住在一个宿舍，当时只有刘备因病在宿舍里睡觉。大家做完早操回来，曹操的手机便不见了。

一开始刘备也不肯承认，后来刘老师发了怒，说你们若全不承认，就统统停课反思，查不出来谁也别想上课。刘老师说到做到，课真的就停了。同学们情绪很大，对刘备也"另眼相看"了。不到两天，刘备就挺不住了，向刘老师承认自己偷了手机。可追索赃物时，刘备却说又弄丢了。

刘老师强抑怒火，心平气和地对刘备说，念你平时表现还不错，你只要将手机交出来就没事了。如若继续顽固不化，哼——你先回去想想吧。

刘备刚走，刘备的朋友诸葛亮敲门进来，刘老师，我看这事可疑，我刚才看见刘备同学很委屈的样子，料定其中必有冤情。

你有什么依据吗？

当然有！诸葛亮摇着一把扇子，不紧不慢地说，据我分析，案发现场只他一个人，按说最易成为怀疑对象，刘备若行窃岂不是太蠢了吗？何况刘备同学平时仗义疏财，上次给希望工程捐款，他连生活费都捐了，怎能做这种鸡鸣狗盗之事呢？

可是，他已经承认了啊。

不错，但我想其中可能另有隐情。现在高考临近，寸阴足惜，为追查手机，你给大伙停了课，刘备同学定是为了让大伙尽快复课，才被迫选择了牺牲自己的下策。

嗯，这样解释倒也符合刘备同学的为人。可是，那谁偷了曹操同学的手机呢？

我也不敢乱说，只是，我怀疑孙权。

孙权？他连作案时间都没有，当时他在操场做操啊。

我清楚地记得，那天他请假去了一趟厕所。操场离宿舍很近啊。

啊，我想起来了。刘老师一副恍然大悟的样子，那天他说拉稀去厕所，而且时间还很长。对，肯定是孙权偷的。

不，不可能是孙权偷的！门一响，孙权的朋友周瑜推门进来。

周瑜同学有何高见呢？刘老师问。

孙权家中非常有钱，为人也很豪爽，他不可能去偷别人的东西。倒是刘备最为可疑，如果孙权回宿舍，刘备能毫无察觉吗？刘备虽不爱财，但可能由于打牌、谈恋爱等原因急需用钱，而他家中很穷，便只有去偷。

不！诸葛亮打断周瑜的话，谁不知道刘备胆小怕事，而曹操同学身强体壮，性情暴戾，咱班上哪个同学不畏他三分。不怕他的人只有一个，那就是副班长孙权。

周瑜望着诸葛亮微微冷笑，说，诸葛同学如此向着刘备说话，不会是得了刘备的好处吧。

那，你是得了孙权的好处？诸葛亮还以颜色。

好了，你们别争了。刘老师站起来说，这样吧，周瑜同学去调查刘备，诸葛亮同学去调查孙权。就这样吧！

二人走后，刘老师将曹操叫来，说了刚才的事情，然后问，你说谁有可能偷了你的手机呢？

曹操很大度地摆摆手，说，无论是谁偷的，都应以大局为重，我看这事就算了吧。同学之间，别伤了和气。

不行！难得你如此宽宏大量，别人要都像你这样就好了。此事虽小，但关系到咱们三国中学的声誉，曹操同学你就别管了。

曹操还想分辩，刘老师挥挥手，曹操只好退了出去。

周瑜和诸葛亮受命后，分别对刘备和孙权展开调查，虽无进展，却搞得刘、孙二人声名狼藉。

后来学校推选唯一一名重点大学保送生时，刘老师理所当然地提名了曹操。

曹操一再推辞，并力荐与他同样成绩优秀的孙权和刘备。此举再次博得同学们的由衷赞叹，唯曹操的朋友杨修在一边冷笑。

毕业了，大家收拾东西各奔前程时，性情不羁的杨修忽然站了出来，大声说，你们想知道到底谁偷了曹操同学的手机吗？

嗯，是谁呢？人群一阵骚动。

杨修掏出自己的手机，只摁了一遍曹操手机的号码，就听曹操身上嘀嘀嘀地响了起来——

大家都怔住了。

随后有人问杨修，你怎么知道曹操自己藏了手机呢？

杨修哈哈大笑，说，诸葛亮，是刘备的朋友；周瑜，是孙权的朋友；我，是曹操的朋友啊！言罢，扬长而去。

躺在地上不起来

张三原本是个老实厚道的人。

比如说，如果他在街上和别人撞了自行车，看见人家卧在地上龇牙咧嘴地直"哎哟"，他总是不顾个人的伤痛，连忙上前去安抚。其结果，往往是张三赔人家一些钱了事。

发生过几起这类的事情后，便有明眼的旁观者看出门道来，劝导张三说："张三你受蒙蔽了。其实你受的伤比别人重得多，为什么还要赔付人家呢？"

张三说："不会吧，你看他疼得直叫，在地上爬不起来，受的伤怎么会轻呢？"

"张三你傻呀，你没看出人家是装的吗？你注意过没有，他连皮都没蹭破，怎么会受多大的伤呢，你真是个不开窍的榆木疙瘩！"

"是这样吗？"张三挠挠头皮，想了想，觉得人家说的挺有道理，便向人家虚心讨教："那我以后遇到这种情况该怎么办呢？"

"这还不好说，他能装你就不能装吗，到时候你也躺在地上不起来，看谁有耐心，谁能坚持到最后谁就胜利。你明白了吗？"

张三点点头，觉得所言极是。

果然，时过不久，张三就又与别人撞车了。

这回，张三可学聪明了，他不仅装出一副痛苦的样子，还躺在地上久久不起来……结果，对方果然中计，主动向他服软，张三遂得了一笔不小的赔偿。在此后的日子里，张三对这发财之道竟然上了瘾。由于他技高一筹，所以总能获得最终胜利。直到后来，他甚至开始人为地制造"车祸"。与此同时，他的演技也越来越高。

然而，也并不是所有情况都能按预想发展。这一天，在一条偏僻的山路上，张三就遇到一个真正的"对手"。那个家伙叫李四，似乎也深谙其中道理。两个人的自行车只是轻轻挂了一下，身强体壮的李四便躺在地上不起来，并开始捂着大腿直"哎哟"，显出一副极为痛苦的模样，一看就知道是小题大做。

张三暗想，我今天算遇到茬上了，如果自己也躺在这儿叫痛，岂不是跟他学吗？那么我该怎么办呢？我绝不可以输给他！

张三认真地想了一下，很快就琢磨出一个更好的办法：你会装痛，我不会装死吗？我就不信你不怕。

于是张三在"哎哟"了一会儿后，声音逐渐弱了下来，过了一会儿就四肢平伸，一动不动了。

一开始，李四还没明白咋回事，可等了一会儿发现张三这边没声音了，吓坏了，暗想，这家伙不会有心脏病吧，我装病只为讹点钱花，如果真出了人命可就麻烦大了……

李四越想越害怕，终于坚持不住了，于是停止了无病呻吟，一骨碌爬起来。

这时，张三也眯着眼向李四这边偷看，见李四终于装不下去了，不由心中窃喜，心里说，小子，跟老子耍这一套，你还嫩点儿！

见李四走过来，张三连忙将眼睛闭得死死的。甭看张三别的能耐没有，但装死还是蛮有一套的，在李四上前试他鼻息的时候，他就努力屏住呼吸，装得比死人还像。李四果然中计，慌里慌张地将他扶了起来，背了就走。

张三心说行了，我先坚持一会儿，在临近医院之前我再装作醒来，再跟你谈条件，我还就不信你不认栽，哼！

张三伏在李四的后背上，闭上眼睛开始幻想再次得到一笔赔偿后的幸福情景。

不知过了多久，张三估摸时间也差不多了，感觉到了装作醒来的时候了。就在这时，张三忽觉李四用力托了他一下。

张三偷偷睁开眼睛——顿时，吓得魂飞魄散：天哪！眼前竟然是一条深不见底的山涧——

这家伙想干什么？难道说——未等张三叫出声来，张三只觉李四的手猛然一抖，自己便像一只小鸟似的飞了起来……

你不该找一个丑男人

琳是个很漂亮很漂亮的女孩子，身材高，模样俊，心眼也不错。在大家看来，琳理所当然地应该找一个各方面都非常出色的男朋友，然而事实上却不然。

琳找的男朋友叫勇，其他方面人们不得而知，只知道勇长相很丑，小眼睛，大嘴巴，而且又矮又胖，咋看咋别扭，与漂亮的琳比起来简直是天壤之别。琳怎么会找这样一个男人呢？人们很不理解。

实际上，琳是个非常有个性、有主见的女孩子，她找男朋友根本就没考虑对方的长相，她认为外表是很肤浅的东西，一个人是否优秀与他的外表毫无关系，所以自己找对象也不应以貌取人。于是琳顶着世俗的压力，选择了外表很一般的勇。

琳和勇时常上街去，一高一矮，一丑一俊，形成鲜明的对比，人们便以怪异的目光瞧他们，或在他们背后指指点点。琳感觉得到，但琳不在乎。

有一次，一位长相英俊，其他各方面也不错的男孩子私下拦住她，鼓足勇气说："琳你干吗要找勇做朋友呢？"

琳一歪头，俏皮地反问："我为什么不可以找勇做朋友呢？"

"勇，他——长得很丑啊，你没发现吗？"

"发现了！可是，丑又有什么不好呢？"

这回男孩子无话可说了，他找不出反驳琳的理由，只有讷讷地说："反正，反正你不该找一个这么丑的男人。"

后来，有一位和琳很要好的女伴也私下里劝她："琳，你怎么就昏了头呢，你不该找勇这样一个丑男人。"

"我为什么就不可以找一个丑男人？"

女伴见琳的态度如此坚决，便很知心地问："你这么死心塌地地爱他，是不是其中另有隐情啊？"琳却摇摇头，说："我不明白你的意思。"

女伴便进一步说："比如说，是不是——勇骗了你，或你曾失身于他——其实即使那样也无所谓的。"

琳忽然笑了起来："我与他连手都没拉过，怎么会失身于他呢，真有意思。"

"可是，那，又为什么——"

琳笑得更欢了，然后说："你甭瞎猜了，我找勇做朋友并没那么复杂，因为我从没考虑过他的外表。"

女伴也哑口无言了，女伴找不到更充足的理由反驳，临走只说了一句："也许，你会后悔的。"

后来又有一些亲朋好友劝琳，但琳仍是无动于衷。

看样子琳是铁了心，人们说不过琳，只有暗自为琳惋惜："琳这孩子挺聪明的，怎么却在自己的大事上犯浑呢？"

临嫁前，连琳的妈妈也劝她："琳，你真的要嫁给勇吗？"

"嗯！"琳坚决地点点头。

"你对勇这么专情，是不是他用什么甜言蜜语哄骗了你，你知道，男人的甜言蜜语是顶靠不住的。"妈妈说。

琳又摇了摇头，说："勇一向拙嘴笨舌的，连话都不会说，哪会有什么甜言蜜语啊！妈妈，你别劝了！"

"你——不后悔？"

"不后悔！"

琳觉得这已不是简单的个人问题，而是她在向全社会宣战。琳为此挺自豪！

顶着世俗的巨大的压力，琳终于嫁了，在人们惊诧的目光中，大大方方地嫁了。

琳既已嫁了勇，人们也逐渐认可了这一事实。这时，有人便又想，也许，琳的做法是对的。因为，勇自知自己很丑，与琳很不般配，肯定会非常珍惜这份来之不易的爱情，他肯定会加倍地爱琳，所以琳一定会很幸福。由此看来，琳的选择没有错，琳还是挺聪明的嘛！

然而，事实上，却出乎所有人的意料。

琳生活得并不幸福。勇对琳一点都不好。

勇不仅对琳非常苛刻，还经常打琳，骂她"臭婊子"，琳感到很伤心。有一次，琳对勇说："你为什么要这样对我呢，我有什么不对的地方吗？"

"你心里明白！"勇说。

"什么？"琳不觉一愣，"你是说，我哪儿做得不好吗？你说啊。"

"说就说！"勇说，"我知道我很丑，而你那么漂亮，任谁看也说不正常。你却执意要嫁给我，这说明你肯定有见不得人的短处，只是我现在还不知道，你骗不了我的……"

琳呆住了，琳定定地看着勇那张因愤怒而变得更加丑陋的脸，忽然有种想哭的感觉。

也许，我真的不该找个丑男人。琳想。

人 与 猴

动物园里，大人指着笼子里的猴，对小孩说："你知道这种动物叫什么名字吗？"

"不知道。"小孩看着上蹿下跳的猴回答。

"记住，孩子，"大人说，"这种动物叫猴，是专门供咱们人类开心的。"

"为什么这么说呢？"小孩问。

"不信你瞧。"大人说着，从提包中摸出一颗花生，朝笼子里的大猴背后扔去，只见大猴急转身，略一迟疑，却用嘴接住，然后再用爪子从嘴里取出来，剥开吃掉，显得很滑稽。

小孩笑起来，说真有意思。

大人也被大猴的举动逗得很开心，便来了兴致，又将另一颗花生扔进去，还是扔向大猴身后的地方。大猴故伎重演，转身，跳起来用嘴接住，用爪子取出剥开，放进嘴里。

大人受了鼓舞，便不断地扔，大猴便不断地这样接，接住吃掉，或给身边的小猴。

直到一大包花生全部扔完了，大人和小孩才恋恋不舍地离开。

路上，小孩问大人："你为什么将花生扔到大猴的背后呢？"

大人得意地笑了，说："猴子翻来覆去地来回折腾才有意思啊，你若直接扔到它眼前，还有这么好玩吗？"

小孩信服地说："爸爸你真行！"

大人又说："猴子这种动物自以为挺聪明，其实被咱们耍了，它们还不知道呢，真可悲！"

动物园里，大猴指着笼子外的人，对小猴说："你知道这种动物叫什么名字吗？"

"不知道。"小猴望着指手画脚的人回答。

"记住，孩子，"大猴说，"这种动物叫人，是专门供咱们猴子开心的。"

"为什么这么说呢？"小猴问。

"不信你等着瞧。"这时，适逢有个大人往笼子里扔花生，扔向大猴的背后，大猴急转身，略一思忖，用嘴去接住，然后再用爪子从嘴里取出来，剥开吃掉，显得很滑稽。

终于，那大人的一大包花生全部扔给了猴子。

他们走后，小猴问大猴："你为什么用嘴去接扔进来的花生呢？"

大猴得意地笑了，说："如果我用爪子去接，他们还会继续扔吗？"

小猴信服地说："妈妈你真行！"

大猴又说："人这种动物自以为挺聪明，其实被咱们耍了，他们还不知道呢，真可悲！"

看谁踩上西瓜皮

整洁的马路上有一块西瓜皮。

马路上怎么会有西瓜皮呢？张三想。

本来马路上干净得很，连尘土、树叶都没有，清洁工一天打扫好几遍，怎么会有西瓜皮呢？

西瓜皮是怎么来到马路上的并不重要，重要的是整洁的马路上确实有一块西瓜皮。

西瓜皮静静地躺在人行便道上，对外界的一切茫然无知。

为什么就没人弯腰拾一下，扔到路边或垃圾箱里呢？如今这世道，真是的！张三想。

当然，张三也不想做这件事。他刚洗了澡，手很干净。这么干净的手，怎能摸这种脏兮兮的东西呢？

时间还早，无所事事，干点什么呢？

张三觉得无聊极了！看着那块格外刺眼的西瓜皮，张三忽然觉得找到了一件好玩的事情。

看谁踩上这块西瓜皮？

想到这里，张三放慢了脚步，在离西瓜皮十多米远的附近徘徊。

时间一分一秒地过去。行人很多，来来往往，有男的，有女的，有老的，有少的，但没有一人踩这块西瓜皮。

他们为什么都踩不上西瓜皮呢？张三有点失望。

就在这时，一位衣冠楚楚的男士急匆匆地走来，昂着头，迈着大步，显然没有注意到一块西瓜皮的存在，三米，两米，一米……哎呀，他竟紧贴着西瓜皮迈了过去，离西瓜皮绝对不超过两厘米。

就差这么一点点，你的步子就不能小上这么一点点吗？张三有点遗憾地想。

又过了一会儿，张三忽觉眼前一亮，一位极为漂亮的女孩娉娉婷婷地走来，迈的步子不大，但很急，显然也没注意到脚下的西瓜皮。

看着女孩那娇美的面容，青春而又性感的身材，张三甚至有点于心不忍了。

张三真想上前提醒她一下，但终于没有。

张三实在太无聊了。

三米，两米，一米……哎呀，西瓜皮竟正巧横在女孩那高跟鞋中间的空隙。她跟跄了一下，低头见是一块西瓜皮，只是皱了皱眉，便急匆匆地走开去。

怎么就这么巧呢，明明可以踩上西瓜皮，却偏偏因为穿了高跟鞋而幸免于难。

看来，今天看不到意想之中的笑话了。

张三失望到了极点。

时间过得飞快，转眼太阳已落西山了。就在张三打算回去的时候，忽见一位步履蹒跚的老人自远而近。老人大约有七十多岁吧，老态龙钟，一脸的沧桑，而且明显的老眼昏花，即使不是天色已暗，也不会发现前面的西瓜皮。

张三看得非常清楚，老人就这样向前走，肯定能准确无误地踩上西瓜皮，而且，他穿的——当然不是高跟鞋，而是那种鞋底极为光滑的塑底布鞋……无论如何，他也不可能踩不上这块西瓜皮。

张三有种不祥的预感，老人如果摔这一跤，不摔个残疾，也会造成重伤，闹不好还会落个半身不遂。

唉，我还是提醒他一下吧。张三实在不忍心眼看着老人遭遇一次灾难性事故，可是——时间已来不及了。

三米，两米，一米……

"哎呀"，"哧溜"，"扑通"，只见马路上的一个人重重地摔在了水泥地上，并滑出很远，像一次美丽的飞翔。

张三站起来摸摸被蹭破的脸，愤怒地低头一看，见是一块西瓜皮。

这么整洁的马路上，怎么会有这么多的西瓜皮呢？张三想。

这时，有一群人围上来，朝着他幸灾乐祸地笑，其中，也包括那位老人。

那老人怎么没踩上西瓜皮呢？

张三无论如何也想不明白。

夜　遇

夜，静悄悄的。月光柔和，河水清澈，一轮皎洁的满月端端正正地映在水面上，周边的景致如诗如画。然而，这丝毫不能改变我烦乱的心境。

忽想到，近日这个地方特别凶，已接连有好几个人投河自尽，且死者都挺年轻。

我不禁打了个寒战，再看河里，总仿佛有个白色的影子在漂游，水面上泛着清冷的蓝光。我突然有种不祥的预感，今晚肯定要发生什么事。这种感觉越来越强烈！

不知何时，有几缕云彩在天空飘过，将月光分割得支离破碎，空旷沉寂的大地阴暗下来，四周的风景也变得凄凄凉凉。

起风了，天气渐凉，我看看表，已是夜间十点多了。正思量着回去，一转身，蓦然发现一双眼睛正死死盯着我——

我镇静了一下，才发现是位年轻的姑娘。

她身穿一件白色的衣裙，一动不动地立在离我四五米远的地方，面容模糊，披肩长发湿漉漉的，单薄细瘦的身影在风中轻轻摇曳，被月光拉得又细又长。

这么晚了，姑娘只身一人来河边干什么呢？联想起近日发生的事，我不觉起了一身鸡皮疙瘩。

过了一会儿，她开始在离我不远不近的地方来回踱步。时而仰起脸，望望灰蒙蒙的天空；时而低下头，看看粼粼的河水，似在与这美好的世界作最后的告别。

我双手插进裤兜里，将头扭向河水，耐心等待着事态的变化。我擅长游泳，自信能毫不费力地救起她。

时间一分一秒地过去了，意料中的事还未发生。她为什么迟迟不行动呢？我想有两种可能，一是她想等我离开后再投河，以免我救起她；再就是她临死前有话要留给世人，而对我还不够信任。

我觉得后者的可能性比较大。因为，我发现她几次向我这边走走停停，欲言又止，还偷偷看我。而当我的目光与她的目光相碰时，她又迅速将目光移开，显得很慌张。我越发觉得她楚楚可怜！

终于，我决定不再跟她僵持下去了，话是开心的钥匙，只有劝她回心转意打消轻生的念头才是上策。

经过一番深思熟虑，我在心中默默打好腹稿，想起这么几句话：人生道路上的挫折是难免的，而自寻短见是一种最无能的表现。它只能让你的亲人悲痛欲绝，让你的仇人幸灾乐祸。常言道：车到山前必有路，没有过不去的独木桥。所以说，凡事你都应该想开点！

话虽不尽理想，但现在也顾不得那么多了，救人要紧。

在我自以为将"台词"背熟之后，便回身转向了她："请问，你……你有什么话要跟我说吗？"

"是的！"姑娘回答得很干脆。

"那么——你说吧，请相信我。"我定定地望着她，鼓励她说下去。

"噢，是这么回事，"姑娘迟疑了一下，迎着我的目光说，"我是市游泳队的运动员，刚上完训练课回家路过这里，老远就看见你在这儿徘徊，神色很不正常，怕你想不开，便一直守在这里。在此，我只想劝你几句：人生道路上的挫折是难免的，而自寻短见是一种最无能的表现。它只能让你的亲人悲痛欲绝，让你的仇人幸灾乐祸。常言道：车到山前必有路，没有过不去的独木桥。所以说，凡事你都应该想开点！"

我望着她，禁不住笑出声来，笑得她莫名其妙。她眨眨眼睛，认真地说："你这人怎么啦？"

无　敌

无敌最大的痛苦就是没有对手。

尤其师父有限大师仙逝后，无敌更是苦闷。让他感到困惑的是，那些名贯江湖的顶尖高手，在与他"切磋"武功时，竟很难和他过上三招。

常人很难理解和想象一位身负绝学的高手所能忍受的孤独。无敌便经常处于这样一种几近癫狂的状态。

于是周边的一切经常成为他发泄的对象，掌到之处，树倒石崩，风起云涌，沙尘蔽日，天地动容，在一切归于平静之后，无敌面对一片狼藉越发悲伤，灼红的眼圈中溢出两行清泪。

这一天，无敌来到一向敬重的师母面前，一脸的肃然，道："我是不是世间第一高手，我是否真的天下无敌？"

师母的脸上飞过一丝难以捉摸的微笑，说："你师父穷尽一生研习武学，修成盖世神功，行走之处所向披靡，但他时刻提醒自己切戒骄躁，故自名有限。而你，却自号无敌，岂不令天下耻笑。"

"敢问师母，普天之下，谁是我的对手？"无敌显然心有不服。

师母面无表情地昂首，望着一行大雁"呱呱"叫着掠过长空，留下天际一片湛蓝。

良久，她踱到岩边，扶住一块嶙峋的怪石站定。

"好吧，你听我说。"师母的声音低沉凝重，像从地下岩缝中漏出来的，"你自命无敌，最起码应该战胜三个对手"。

"哪三个对手？"无敌骤然兴奋起来，目光如炬。

"我姑且不告诉是谁，你只需与其交手，若战而胜之，大约可以称得上是绝世高手，日后你行走江湖，也不负了无敌的称号。"

"那——我何时与他们过招？"无敌急于求战，忙不迭地追问。

"你记好——本月初五戌时在黑松谷你将遇到第一个对手；本月初十子时在断魂冈，第二个对手准时恭候；本月十五午时在天峰顶，你见到的是最后一个对手。"

"你能保证这些人准时履约吗？"无敌话既出口，又有些后悔。师母说话向来一言九鼎，从无妄语，而且他深知师母承师父名望，在武林中也是一呼百应。调来几位高手绝非难事。

师母只微微颔首。一头银发瑟瑟而抖。她凝视着无敌，一字一顿地说："但愿——你是真正的无敌。"

"那——好吧！"无敌傲然离去。

无敌自不敢轻敌，回去后更加刻苦地修炼。

初五，太阳刚刚落山，黑松谷的上空流淌着一片血红。无敌身负短剑，幽灵般于松林游走，短剑在鞘中嗡嗡作响。不一会儿，方圆十里的松林便被他踏遍。最后，他在一棵盘虬错节的棕榈树下站定，向树上发一声喊："请下来吧！"

他的声音震得树叶骤雨般飘落，露出盘坐树梢上的一位黑大汉。这大汉身高丈余，身宽体阔，少说也有三百斤之上，却能稳坐在小手指粗细的树梢上，足见其轻功何其了得。

黑大汉哈哈大笑，顺手拈下一片树叶向无敌掷来，无敌稍稍一闪，树叶径直没入身后的岩石之中，只留下一条深不可测的细缝。

无敌微微冷笑，对于这种在常人看来登峰造极的神功无敌却非常不屑。

勿须多言，黑大汉如乌云般扑过来，与无敌拼杀在一起……登时，狂风大作，地裂石崩，一团黑影在林间滚动，竟一点看不出人的形状。

不到一炷香的工夫，黑大汉忽发一声撕心裂肺的大叫，手扶胸口，踉跄而去——

而无敌则面不改色，迎风而立，就仿佛什么也未发生。

一切又归于沉寂，无敌似乎有些失望。

在望眼欲穿的企盼中，无敌又熬到了初十。

断魂冈，野坟成片，白骨横陈，到了子时更显阴森，有迷离的月光在阴云间穿过，投到地上忽明忽暗的影子。无敌如一阵风似的在冈上掠过，竟没发现期待的对手，除了地下的死者，简直是空无一人，除了一个素衣的上坟女子。

远远看去，那女子娇弱异常，宛如鹅毛那样轻盈，一阵微风就将其纤细的身子吹得摇摆不定。

来到近前，那女子缓缓回过头来，无敌顿觉一阵眩晕——他还从没见过如此俏丽的女人，而且她婆娑的泪花中竟透着万种风情，无敌一下子便被如海潮般的柔情淹没了。为了不让自己晕倒，无敌竭力控制着自己，但毫不起作用，相信世上绝没一人不为她的美色着魔，除非他不是一个男人。

就在她那近乎残酷的娇媚逼近无敌的魂魄时，一枚比毛发还要细微的银针径直射向无敌的咽喉，速度之快令人咋舌，若另换任何一位高手也必死无疑。但无敌毕竟是无敌，他倏地一挫脖子，张口将银针紧紧衔住，并顺势发力，将银针沿原路回射，女子的玉手上登有鲜血迸射，就仿佛一捧白雪间绽放了一朵艳丽的梅花……

这连串的动作，也就在一瞬间完成。

女子只哀哀地看他一眼，便匆匆离去。无敌则岿然不动。

尽管与第二对手交手时间甚短，但他不得不承认，这个对手，要比第一个对手难对付得多。自古以来，多少英雄好汉不畏强悍的千军万马，却难抵挡娇弱的似水红颜。无敌想来也有些后怕，自己若非早有提防，恐怕也难逃此一劫。

生命的存灭只不过在一瞬之间。

无敌也有些欣然，毕竟离自己理想的"无敌"又近了一步。

现在只剩下一个对手。无敌敏感地意识到，对手将一个比一个更难斗，自己必须倍加警觉。

但他自诩不惧任何对手，因为他是无敌。

十五这天很快就到了，无敌强烈地感到自己离真正的无敌是如此之近了。只不知，这第三个对手，也是成就自己成为无敌的人会是怎么样的一个人，无论如何，他都无比焦渴地盼望战而胜之。

所以尚未午时，无敌就早早地来到了天峰顶。

　　时值夏日，骄阳似火，无敌的心里也像着了火。太阳似乎与他作对似的，运行得格外缓慢，无敌开始有些急躁。他早已在不足百丈的天峰顶无数次地巡视过，连细微的岩缝也没放过。可这儿除他之外，绝无人迹，连根草都没有。

　　终于，日至正中，午时到了，无敌放眼四顾，还是没有见到一个人影。无敌开始有些害怕。显然，敌人已到天峰顶，而自己却未找到，足可见对手非同小可。前些天，黑大汉隐身树枝，女杀手暗隐杀机，但均未逃过无敌敏锐的目光，而今天这个对手却不露形迹，这就不能不让无敌攥了把冷汗。

　　无敌更加焦灼地在山顶搜寻，脚步越来越急——

　　无敌面临着前所未有的困难，若战胜不了师母所说的第三个对手，自己就不是真正的"无敌"，如果我不是"无敌"，还号称无敌，岂不是自己的奇耻大辱，我又有什么理由苟活在这朗朗天地之间。

　　就这样，无敌被这个难题长久地围绕着，就仿佛步入一个充满魔幻的迷宫，到处是路，却到处都找不到出口。最后他只是绞尽脑汁地想着一个问题：我是谁？我是无敌吗，不，我不是无敌，那我是谁……终于，他崩溃了，他疯狂了，他奋力地撕扯着自己的头发，"哇哇"大叫着扑向悬崖……

　　悬崖断壁之间回响起持久而悠长的回声："我不是无敌，我不是无敌……"至死他也不知道，师母所说的第三个敌手，其实正是他自己。

伤 心 青 菜

　　日头先是吃力地爬上山坡，探出半张胖乎乎的圆脸，然后铆足劲儿向上一蹿，便跳出来了。古爷咬着牙吃力地搧起菜担子，拱起瘦骨嶙峋的身子脚赶脚地往前走。两个沉甸甸的担子急剧地左右晃动。走一会儿，古爷就放下担子喘一会儿，"呼哧呼哧"，像个破旧的风匣，松树皮似的脸上无休止地淌下浑浊的汗水。

　　其实搭车去城里只需三块钱，但古爷舍不得。三块钱可以买一担上好的青菜哩！

　　青菜是给城里的儿子送的。听说城里的青菜可金贵哩。为了让儿子吃上新鲜菜，古爷今年特意辟了一块菜园子，专门为儿子供菜吃。多日来，古爷没黑没白地在田里侍弄，浇水、施肥、间苗、锄草……对菜苗照顾得无微不至，格外用心。他那青菜也真争气，硬是与别人家的菜不是一个成色，墨绿的叶片又宽又厚，油光闪亮，羡慕得庄稼人们直咂巴嘴。

　　古爷赶到城里时，天已傍黑了。儿子见古爷又弄这许多菜来，无奈地直摇头。其实，儿子早就劝古爷不要送了，说大老远的，太辛苦，城里啥都不缺。可古爷偏偏认死理，脖子一梗，瓮声瓮气地说，乡下没啥好东西，这菜是你爹自个儿种的，嫌孬你们就别要。两口子也不好再说什么。

　　两人工作都挺忙，收入也不菲，大多数的时候在外边买着吃，很少生火。至于古爷原先送来的那些菜，大都腐烂扔掉了。但这些又不能让古爷知道，怕拂逆了老人的好意。

在儿子、儿媳极力挽留下，古爷就住下来。接连几天，儿子带古爷出去玩，还给买了许多平生没吃过的东西……

这天中午，古爷忽然想起什么似的说，我送来的那些青菜呢，怎么也不见吃啊？儿子愣了一下，吞吞吐吐地说，留——留着呢，以后慢慢吃。古爷半信半疑地说，只是，不要放坏了。

又过了几天，古爷惦记着菜地，便闹着要回去。夫妇俩执意挽留，说大老远地来一趟挺不容易，就多玩两天吧。古爷说不行啊，菜地又该浇水了，没人照料哪行？

无论古爷怎么说，夫妇俩就是不放他走，古爷便很着急，一天到晚没抓没挠的。

趁儿子、儿媳去上班，古爷便找出自己的空担子，悄悄地回家。

拐出楼口时，古爷忽然呆住了。只见不远处的一个垃圾堆上，横七竖八地堆着许多青菜，宽厚的叶片已开始泛黄、腐烂，散发出一股股刺鼻的臭味儿，上面还有一些绿头苍蝇飞来飞去。

古爷只觉脑袋"嗡"的一下，仿佛挨了重重一击……

他心里一下子都明白了！

夕阳仿佛再也支撑不住自身的重量，摇摇晃晃向山谷坠去。

古爷强打精神，恍恍惚惚地往回赶，觉得腿上仿佛坠了铅，觉得那个空担子比原先的一担青菜还要沉重。

经过自家的菜地时，古爷不由停住脚。望着那些生机勃勃的青菜，心里好像被什么刺了一下，滚过一阵撕心裂肺的痛楚。忽然，他大踏步地冲进菜地，抢起扁担一顿乱舞，无辜的青菜在暴风雨般的袭击下，被杀得七零八落、纷纷扬扬……

不久，青菜们都无力地低下头，很伤心的样子。古爷木然站在菜地里，也禁不住泪流满面……

老婆是个醋坛子

老婆是个醋坛子，而我是一名严重的"妻管严"患者，这一点毋庸置疑。

这从我身上就可以找到充分的佐证。比如说我眼眶发青，就是我昨晚看电视"天气预报"的后果。因为电视播音员是一位年轻漂亮的女性，而我也看得过于专注了些，不知何时老婆悄悄来到我的面前，出其不意地打出一记直拳，于是我就成了熊猫的样子。

可是，电视上演什么我能管得了吗，我总不能不让电视出现女的吧？后来我也有些埋怨那位天气预报播音员，我老婆当时迅速地晴转多云，以至晴天霹雳，她怎么就不提前预报一下呢？我若知道了也好提前采取点安全措施，戴上个头盔什么的呀！

还有，我这几天走路一瘸一拐的，则是因为前天晚上邻居老大妈来借味精留下的。那天我老婆下班回家正遇上老大妈拿了味精往外走，老婆一见有异性从家中出来，立刻就火冒三丈，关上门就给我来了一阵"暴风骤雨"，于是我立时就成了"铁拐李"。我后来解释说老大妈的小儿子比我都大，能有什么事儿呢。老婆大吼一声，说这可不好说，像你这种花花肠子的男人就没有饥不择食的时候吗？即使没事就算为你敲敲警钟吧！

天哪，瞧这警钟敲的，差点把我的腿敲折了！

现在你该知道我在家中的地位了吧！

也许有人说，你这个人真是熊包，她对你这么过分你就不能给她点颜色看看，教训教训她吗？真为咱大老爷们儿丢脸！可是，你以为我不想吗？问题是我敢吗？我老婆一百多公斤的体重压到我不到五十公斤的身子骨上，你说我能受得了吗？她一只手就能将我举过头顶（她没练举重算是可惜了）。怎么，你不服吗？

不服你来试试。

你以为我不想报仇啊？有一天晚上，我趁她熟睡，朝着她就是一顿直拳、勾拳、鹰爪拳、少林拳……忽然我感觉自己仿佛被什么重物撞了一下，然后就像一片鹅毛似的飘到了地板上。我睁开眼睛一看，只见老婆正凶神恶煞般叉腰立在我面前，发出一声惊天动地的狮吼："你个混账王八蛋，不好好睡觉，半夜起来打枕头干什么？"

为了表示对我的惩戒，老婆请我跪了三天搓衣板。从此，我见了女性，无论老少丑俊，都惶惶然避之不及，更不用说与她们说话打交道了。至于看电视，我也只有"动物世界"一个节目了。

然而时过不久，我却遇到这样一件难堪的事。

这天傍晚，我与老婆去居民区的小公园散步。时值夏日，炎热的天气让我们嗓子里冒烟。由于我这些天表现尚好，老婆为了表示对我的嘉奖，说："你到前面那个凉亭下的石凳上等我，我去买个冰激凌来。"

坐在凉亭里，你知道我最怕遇到的东西是什么吗？老虎？不对。黑熊？也不对……别瞎猜了，告诉你吧，我最怕的是女人，何况居民区里哪有什么老虎和黑熊啊！

这个凉亭安静得很，四顾无人，如果忽然出现一个女人将是多么可怕的事情啊，到时候我可是有口难辩啊。什么？你说让我跟她解释一下，天哪！你真是站着说话不腰疼，我老婆如果讲理不就好了吗？

然而，天公就是会捉弄人，怎么就那么巧呢，我最最不愿见到的事情终于还是发生了。

就在我心里忐忑不安的时候，忽闻一阵细碎的脚步声。抬头一看，我吓得差点跳起来，只见一个女子，一个年轻而且漂亮的女子正向我姗姗走来，俏丽的小脸带着甜美的微笑，一双潭水般的大眼睛深情地望着我——我顿然产生了世界末日的感觉。要知道，我老婆就在不远处买冷饮，是不可能看不见的啊！

逃跑，已经是来不及了，如果逃跑让老婆看见岂不更证明我和她之间有事吗？

"大哥。"那女子娇声唤我，然后就依偎着我坐在了石凳上。天哪，这不是要我的命吗？

这可怎么好啊！千万千万别让我老婆看见啊。我赶紧捂上了眼睛。

毕竟，我捂的不是我老婆的眼睛。就在我心里默默祈祷的时候，我老婆终于如鬼魅般来到了跟前。

老婆那张像驴一样的脸还在急剧加长，阴云密布的表情简直可以拧出水来。

就在"山雨欲来风满楼"的时候，倒是那位女子抢先说话了："大哥，请问你买保险吗？"

说着，她变魔术般拿出一个公文夹，也不顾我的心理感受，便开始如滔滔江水般连绵不绝势不可挡地讲起保险的重要意义，一副不达目的誓不罢休的架势。

知道当今社会的一段顺口溜吗？叫做"软的怕硬的，硬的怕愣的，愣的怕不要命的，不要命的怕不要脸的，不要脸的怕卖保险的"。由此可见卖保险的是如何烦人了。

就在她还企图软磨硬泡时，我老婆忽然爆发了，不是向着我，而是向着那位喋喋不休的女子："滚！"

晴天霹雳般的响声将那女子震住了。她抬头看着我老婆那副凶巴巴的样子，赶紧知趣地收拾东西溜走了。

"我再也不要见到你！"老婆又大声向她喊。

"我再也不要见到你！"我也狗仗人势地向她喊。

"量你也不敢！"老婆对我晃了晃坚不可摧的铁拳。

"就是，量我也不敢。"我赶紧随声附和。

万没想到，我如此这般逃过了一劫。

风波过去，我不由暗暗庆幸，多亏是个卖保险的。

从此，我对保险竟然产生了些许好感。看来，我还真该好好谢谢她，哪怕是买她几份保险也行啊。通过跟她打交道，或许还会发生一段美丽的浪漫故事呢，嘻嘻。

何况，她又长得那么漂亮！

你想让谁给理发

　　假如你是一个年纪轻轻的小伙子，假如你到一个并不熟悉的地方去理发，而碰到那个地方名叫"母女理发店"时，你是希望母和女中的哪一位为你服务呢？

　　不用问，你肯定会选择母女中的"女"，其中缘由不言自明。既然花一样的钱，谁不希望找个年轻漂亮的姑娘为自己服务呢，不仅会有身体上的接触，还可适当套套瓷，在轻松愉悦的气氛下就将头发理完了，那种美妙的感觉，啧啧，简直就是一种享受。

　　我当然也不能免俗。那一天我刚好就遇到这种情况。

　　当时我一看到"母女理发店"的招牌就乐了，在一刹那间也就打定了希望让谁理发的主意。所以当那位坐在门口的中年妇女笑眯眯地问我想让谁给我理发时，我便毫不犹豫地报出自己的意愿——那就让做女儿的来理吧！

　　说这话时，我竟还有点不好意思难为情。

　　说实话，门口这位中年妇女也颇有几分姿色，所谓徐娘半老，风韵犹存。然而我想，既然做母亲的都如此漂亮，做女儿的能差得了吗？何况还年轻。

　　然而事实证明，我的如意算盘终于还是打错了。因为我发现出来给我理发的是一个乳臭未干的黄毛小丫头，最多不过十二三岁的样子，单薄的身子基本还没发育，一看拿理发工具的架势就知是个刚刚学艺的新手。后来我才知道她是趁学校放暑假来给她母亲——也就是门口坐着的那位中年妇女帮忙的。

　　结果可想而知，我头上这块"试验田"的状况就恰如其分地印证了业余与专业的差距，经过她的一番修整，我的脑袋很快变成了一个并不怎么精准的地球模型，有高山，有盆地，有丛林，有荒漠，就差一个太平洋了。然而没过多久，我的设想却不幸被言中了，因为我发觉有水样的东西顺着脸往下流，用手一摸，红红的，黏黏的，天哪！太平洋决堤了——我望着她手中的刮脸刀，大喊一声"刀下留人"，赶紧抱着脑袋落荒而逃——过了好长时间我的心还怦怦直跳。

理了这么一个怪模怪样的发型，我接连几天都不敢出门。

这次血的教训让我刻骨铭心。造成这样的结果，我想主要还是怨自己，谁让自己当时鬼迷心窍让一个小孩子来理发呢？道理不是明摆着吗？人家是"母女理发店"，"女"肯定年龄小，年龄小则意味着技术也嫩，这么简单的道理我怎么早先就不明白呢？

要论模样，那位母亲长得也蛮不错嘛！虽说年龄大了点，但丰满性感，具有十足的女人味儿。至于理发技术，自然应该更熟练些，最起码比那位稚气未脱的小丫头强。

毕竟，我是来理发的，人家长得老少丑俊实在不那么重要，只要理得好就行了，管人家长什么样儿干吗呢？我那样做不是舍本逐末了吗？

后悔是没有用处的，以后吸取教训就是了。常言道，不吃一堑，不长一智，通过反思，我觉得自己终究还是一个聪明人。

再次理发已是两个月之后的事情了，在两个多月的时间里，我那"春风吹又生"的头发又乱蓬蓬地连成一片。

还是那家"母女理发店"，还是那位丰韵犹存的中年妇女坐在门口。但我这次心里有了底。所以当她再次笑眯眯地问我需要谁为我理发时，我就毫不犹豫地以铿锵有力的声音向她宣布，就让"母亲"来理吧。

"那，好吧！"中年妇女对我笑着点点头，然后朝后面一招手，向里屋大声喊道，"妈，有人找你理发。"

话音未落，只见一个老态龙钟的小脚老太太手持一把理发剪，颤颤巍巍地向我走来……

新鞋子旧鞋子

"快来买呀，出口转内销的牛皮鞋，削价处理啦，不嫌便宜的快来买呀！"

一个留着小平头的小伙子站在一辆小货车上，举着一双皮鞋使劲吆喝。四周围了一大群人。

临出门时，妻子就嘱咐我，让我到集市上买双新皮鞋。说实在的，我脚上这双鞋早就该"退休"了，皱巴巴的鞋面如同老太太的脸蛋，鞋尖正顺应潮流搞对外开放，我那不甘寂寞的小脚趾正鬼鬼祟祟地探出头来。

不知人们是经不起那"出口转内销"的诱惑，还是这鞋子的确便宜，反正买鞋的人很多，直挤得哭爹喊娘。前头买上的得意洋洋兴高采烈，后边买不上的忧心忡忡心急火燎。半小时后，通过我坚持不懈的努力，终于成了前者。我无比兴奋地高举着皮鞋，如同世界冠军在领奖台上挥舞着鲜花，又像伟大的普罗米修斯高擎着普济人类的神火。

走到一边，我迫不及待地脱下旧鞋，换上新鞋，并拾起旧鞋做了一个潇洒的投掷动作，让旧鞋沿着一条弧线飞到了河边的垃圾堆里。

可我还是高兴得太早了点。我刚刚在集市走了一个来回，仍然心中窃喜的时候，我脚下的鞋子也笑了，在它张开的大嘴里，我的脚趾头争先恐后地往外拱，不久，这哥儿五个就排着队大模大样趾高气扬地出来向我示威了。

没办法，我只得找了根麻绳在鞋中间捆了一道，然后小心翼翼地往回走，就如同日本鬼子迈向游击队布下的地雷阵。

回到原先买鞋的地方，再找那个留平头的小伙子，发现早就"人面不知何处去"了。

现在唯一该做的事，就是将我刚才扔的那双旧鞋子捡回来。

找到垃圾堆，却不见我的旧鞋子。

我以淘金者的精神将这堆垃圾淘了一遍又一遍，正在我觉得"山穷水尽疑无路"的时候，忽然传来一阵嘈杂的吵闹声。我抬头一看，发现不远处围了一大圈子人。

我尖着脑袋钻进去，见是两个光着脚的人在吵架。吵架的原因是争一双旧鞋子。你抢我夺，各不相让，打得不可开交。我近前仔细一看，天哪！那鞋子竟是自己刚扔的那双。看着这二位脸红脖子粗的样子，我悄悄问旁边人是怎么回事，一位老年人告诉我："他俩刚才在这儿买了双新鞋，就将旧鞋扔了，谁曾想，新鞋不一会儿就穿掉底了，于是他俩回来找各自的旧鞋子，却说什么也找不到，后来便在这垃圾堆里发现了这双破破烂烂、臭气冲天，但还勉强可以穿的旧鞋子，都说是自己先看到的，便争了起来，谁也劝不住。也是，没鞋穿，他们可怎么赶路回家呀！"

"战争"还在升级，人越围越多，交通严重堵塞。

"怎么回事？怎么回事？"交通警察拎着一根警棍匆匆赶过来，问明情况后将眼一瞪，对那两人训斥道："为了那么一双破玩意儿，值得吗？当着这么多人吵架，也不怕人家笑话！快走快走，鞋子归公，省得你们争执不休。"

我将这位警察打量了一下，发现他也光着脚丫子。

李 老 蔫

　　年过花甲的李老蔫很爱哭，经常整天整夜地哭，没完没了地哭，哭得小镇上的人们心都碎了。诚然，李老蔫过的日子的确太苦了，老伴死得早，遗留下的独生子却不成器，因偷盗被关进了监狱，儿媳早就带着小孙子改嫁了，再没进过这个家门。当初为了给儿子减刑，他几乎倾尽了全部家财，现在真的是一无所有了。家中跟他做伴的，只有那头老牛了。这头老牛跟了他多少年连他也记不清了，只知道，老牛已成了他生命的一部分，早就密不可分了。即使在最困难的日子，他卖过血，卖过骨髓，甚至卖过一个肾，最终也没舍得卖掉这头老牛。如果没有这头老牛，他不知自己还能不能活下去……

　　倚靠了这头老牛，再加上邻里乡亲们帮把手，李老蔫艰难地侍弄着一点庄稼，勉强度日而已，家中没有任何的积余。一闲下来，李老蔫面对这个空荡荡的屋子，便禁不住老泪纵横……

　　然而，屋漏偏逢连夜雨，忽有一天镇上的百姓接到上级指令，他们多年来赖以生存的土地被征用了。据说一个开发商看中了这块肥沃的风水宝地，用来搞一个化工项目。于是当地老百姓们怨声载道，并开始艰难地上访。然而，随着一些带头者相继以扰乱社会治安罪被拘禁，百姓们也只有忍气吞声了。由始至终，李老蔫都没有说一句话，更没跟着别人去上访，他只是在家中抚摩着那头年迈的老牛，泪水流得更欢了……

　　这一天，镇上来了两个穿牛仔裤、扛摄像机的小伙子，说是市电视台的。带队的年轻人名叫小崔，系新提拔不久的节目组主任。老百姓仿佛一下子看见了救星一般，纷纷拉住小崔二人的衣服，泪泪涟涟地倾倒苦水，于是他们那原本笔挺洁净的衣服很快变得皱巴巴脏兮兮的，不知是谁还将鼻涕蹭在了上面。这便让小崔他们很不快。

面对眼前的场景，小崔感到很意外，也很为难，本来自己受领导指派，拟进行一个正面报道，没想到会是这个样子。

等大家的激动情绪平复一些后，小崔小心翼翼地诱导说："乡亲们，你们想想看，咱这儿建化工厂，难道就一点好处都没有吗？比如说咱地方经济……"

没想到，他的话再次将群众的愤怒情绪引爆了："你说的什么狗屁话，没有土地我们靠什么吃饭，去喝西北风吗？"

"上哪个项目不是肥了当官的，好事啥时轮到过咱老百姓头上。"

"你到底安的什么心？"

人们越说越激动，有的人竟骂起街来了。

小崔见状，再也不敢乱说话了，随后他悄悄拽了伙伴溜出人群。他知道，要想完成这次非常的采访任务，必须采取迂回战术。

他来到一位抱着小孩的中年妇女面前，近乎谄谀地搭讪说："大嫂，这次征地，难道说就没有一个不骂街的人吗？"大嫂想了一下，说："如果说有，就只有村南的李老蔫了……"

于是小崔二人马不停蹄，绕了几个弯，总算找到了李老蔫那个破烂不堪的家。

"老大爷你好啊！"小崔远远打招呼。

李老蔫抬抬眼皮，没精打采地说："好什么呀，连年都没法过了。"

年节将近，李老蔫还啥都没备，他多想在过年时吃上一顿猪肉馅的饺子啊，可这一切显得那么遥远。

小崔说明来意，希望他能配合一下。小崔口干舌燥地说了半天，却见李老蔫一动不动，再近前一看，老人竟发出轻微的鼾声。

小崔叹了口气，上前拍醒他，想了一下，掏出一张百元钞票在他眼前晃了晃，说："老大爷，麻烦你配合一下我们的工作好吗？"

小崔从自己口袋中掏钱，与其说是对老人的同情，还不如说为了他自己。这次采访上边很重视，自己又是新官上任，必须出色地完成任务，为了自己的前途，这一百块钱又算得了什么呢，自己少抽条烟不就有了吗？

李老蔫揉揉干涩的眼睛，好半天才看清眼前晃动的是一张非常罕见的百元大钞。钱哪钱，他李老蔫太需要钱了，有了这一百块钱，可以买多少应急的东西啊。尤其是，他的老牛也快没的吃了。他自己挨饿不要紧，饿坏老牛可不行。剩下的钱，或许还够包顿猪肉馅的饺子呢。

李老蔫伸出颤抖的双手将钞票接过来，紧紧贴在他那核桃皮般的老脸上，自言自语地说："好，好，好啊！"

小崔见有门，连忙趁热打铁地扛起摄像机，摸出早就拟好的稿子对老人说："这样吧大爷，我说一句，你学一句，好吗？"

"好，好，好啊！"李老蔫双手攥着那张钞票激动地点头。然后，他便鹦鹉学舌般说了一些似懂非懂的话。说实话，他说的什么连他自己也不知道。

费了好半天时间，小崔才终于完成了任务。他总算松了一口气。

次日晚上，本地电视台播出了一档新闻节目，题目是《市领导为民造福，老百姓通情达理》，主持人天花乱坠地介绍了一番那个化工项目后，是李老蔫的采访镜头，镜头中李老蔫颤抖着双手，激动地说政府征地为的是老百姓的根本利益，感谢政府感谢领导云云。

这天晚上，小镇的人都看了新闻。

这天晚上，李老蔫家的老牛死了，是被人下毒药死的。

次日，有人去看望李老蔫，却发现一向很爱哭的李老蔫相当平静，只是一动不动地蹲在墙角，定定地望着一张百元钞票出神。

他的眼里一滴眼泪都没有，真的！

最后的愿望

得知老牛快不行了的消息的时候，晏厂长正在外地出差。确切地说，是在旅游。

老牛让人专程捎信来，说他临终前无论如何也要见上老厂长一面。来人还说，为了找晏厂长，他们几经周折，打电话也联系不上，便派出许多人出来帮着找，直到今天才总算找到。

"老牛还叫找别人了吗？"晏厂长问送信的人。

"没有"，来人如实回答，"老牛说他死后一切从简，连一些亲朋好友都没让通知。他说临终前最想见到的人就是晏厂长您，请您无论如何也要回去一趟，满足他这一最后的愿望。"

"那——好吧！"晏厂长用力地点点头。本来他是很不愿回去的。他这次出来，名曰项目考察，实为携一家老小出来旅游的，景点还没看完就回去，未免有点扫兴。然而，一想到老牛如此看重自己，心中不免有些感动。鸟之将终，其鸣也哀；人之将死，其言也善。他在人生的最后时刻还想着自己，甚至将自己看得比亲朋好友还重要，难道他这么一点小小的愿望还不能满足吗？何况……晏厂长心里也有些愧疚。

回程路上，晏厂长心中久久不能平静，往事历历在目，他觉得自己欠老牛太多了。

要说起来，老牛算得上这个国营企业的老工人了。起初晏厂长把老实巴交的老牛安排到锅炉房烧开水，工作又脏又累，一干就是三十多年，就像一个真正的"老黄牛"。见他任劳任怨，又将打扫卫生的活也派给了他，工钱却一点都不涨。

多年来，老牛只知默默地工作，从不向领导提要求，所以晏厂长也没怎么关照他。

老牛是个出了名的老实人，整天一副非常谦恭的模样。有一次，单位闲出一套单元房，三代同堂仅居一室的老牛小心翼翼地找到晏厂长，希望厂里能考虑考虑他的困难。当时，晏厂长几经犹豫，还是将房子分给了自己那刚结婚不久的侄子。对此，老牛一点怨言都没有，只是憨憨地笑。一想起这些，晏厂长就觉得有点愧疚。

还有一次，老牛的儿子发烧高达三十九度多，他泪汪汪地来找晏厂长，希望单位能派个车送孩子去医院，可非常不巧，当时小姨子正缠着晏厂长借车去郊游。没办法，只能对不住老牛了……晏厂长当时以为老牛会恨自己的，没想到老牛一点不满情绪都没有，见了晏厂长还是毕恭毕敬的样子，显得非常通情达理。

晏厂长思来想去，越来越觉得自己对不住人家老牛了，在如今社会里，像老牛这样的不思索取、只求奉献的人太少了。这正是我们这个时代所倡导的精神啊！一瞬间，晏厂长便决定了几件事：一是回去后马上将老牛多次递交的入党申请书批了，尽快吸收他加入党组织；二是授予他"明星工人"荣誉称号，自己亲自为他戴大红花；三是号召全厂工人向老牛学习，掀起"学先进，讲奉献"的热潮。

不知不觉，就回到了自己熟悉的城市，顾不得歇息，晏厂长便驱车径奔老牛所在的县医院而去……

来到病房，晏厂长推门进去，发现屋里聚了很多人，老牛病怏怏地躺在病床上，脸色苍白，干裂的嘴唇张开着，呼吸已非常困难，只有一双无神的大眼硬撑着，样子非常吓人。

可以想见，他是以一种多么大的毅力在坚持着，坚持着——

"来了，来了！"众人见晏厂长来了，自动闪出一条通道。

晏厂长疾步来到病床前，激动地握住老牛那没了血色的手，叫了一声："老牛……"

"我……"老牛瞥见晏厂长来了，眼睛忽地闪了一下，然后定定地看着晏厂长，嘴唇动了几动，终于集合了全身的力量大叫了一声：

"我操你妈！"

说完，老牛便闭上了眼睛，那样子极其安详。

邮局门口的疯子

"停!"一位蓬头垢面的疯子突然出现在我面前,挥舞着一只黑黢黢的大手向我大喊大叫。因为猝不及防,我被吓了一跳。

"躲开!你这个脏鬼。"我厌恶地绕开疯子,快步走进邮局。

"这个疯子是怎么回事儿,他在这儿干什么呢?"我问营业员。

"谁知道呢?"年轻的营业员回答:"自打我上班那天起,疯子就在我们门口徘徊,一遇到有人路过,他就叫人'停',不明就里的人通常被他吓一跳。我们也曾多次试图赶他走,但徒劳无功,赶出多远他都能找回来。后来据我们观察,他从不打人,也不破坏东西,便由他去了……"

此后,因工作需要,我多次到邮局办业务,几乎每次都能在门口遇见这个疯子。时间一久,我也就习以为常了,甚至也不那么讨厌他了。心情好的时候,我还会跟他打个招呼,疯子也不答话,只是"嘿嘿"地笑。

我最后一次遇到疯子是在一个阴雨绵绵的午后。当时我正疾步奔向邮局的门口,疯子突然高喊着"停"冲了过来,一开始我还以为他向我打招呼,没想到疯子绕过自己扑向了对面的马路,一边跑一边声嘶力竭地大叫:"停,停——"

因为太过突然,一辆飞驰而过的机动车终于没有"停"住,疯子遂像一只鸟似的飞了起来……

有人注意到,对过马路上站着一位长发飘飘的女孩,也有人猜疑说,疯子是奔着那位女孩去的。

整理疯子的遗物时，人们发现他的口袋里有一封包裹得严严实实的信，泛黄的信笺上只有一句话，那是一行娟秀的小字：

我在邮局门口等你——婷。

落款日期是 1986 年 3 月 20 日，距今已整整 20 年。

洁 的 故 事

洁属于那种极清纯、极美丽的女孩，在她十八岁那年，外地来了一支地质勘探队，其中有一位挺帅的男孩，叫冬。两人从一见钟情到爱得如火如荼只是两个月的事。洁极愿伏在冬宽厚的胸膛上听那有力的心跳声，觉得在冬坚实的臂弯里有种安全感。

冬临行前一夜，两人自是恋恋不舍，激动万分，在缠绵的月色里极尽缠绵。

冬走了，是洁流着眼泪将他送走的。

此后的每一个傍晚，总有一位长发飘飘的女孩悄然独立在落日余晖下，向远处眺望，宛如一道永恒不变的风景。

忽有一天，来了一位陌生人，带给洁一条花头巾，说是冬让捎来的。随后陌生人又来过几次，每次都交给洁一些小礼物，来去匆匆。洁愈加思念冬，寝食难安。

半年过去了，正当洁望眼欲穿的时候，陌生人又来了，满腹心事的样子，脸上仿佛还有尚未擦干的泪痕。在洁的一再追问下，陌生人讷讷半晌，极为痛苦地说："冬死了，是在一次野外作业中被石头砸死的。"说着，交给洁一封冬临终前的亲笔信和一张冬的工作照。照片上的冬在笑，笑得很好看。

顿时，洁昏厥过去，醒来后便喊着冬的名字放声恸哭，涕泪涟涟，颇令人心碎。

此后的日子里，这位原本天真活泼的女孩变得郁郁寡欢，形容憔悴。洁将冬的照片镶进镜框里，整天对着微笑的冬以泪洗面。

别人挺同情她，为让她尽快从中解脱出来，便给她张罗对象。洁起初死活不允，后在亲友们三番五次劝说下，终于不再执拗，但有一个不容动摇的条件，就是对方必须接受故去的冬，允许她将冬的照片时刻带在身边。

不少挺不错的小伙子很喜欢洁，但又觉得常跟一个死人在一块儿太晦气，便纷纷摇头而去。后来，洁遇到朴实善良的青年勇。勇为洁的真情所感动，接受了洁和洁的条件。

结婚后，勇对洁体贴入微，而洁却总不快活。每日起床后洁必先擦拭那个镜框，再痴痴地看冬几分钟。有几次晚上，洁在梦中呼唤着冬的名字……

两年后的一天，洁和勇上街购物，在街上走散了。勇很焦急地找洁，找到洁时却发现洁眼神呆滞，撒着双手在街上乱叫："你骗人，你骗人，冬，我恨你……"

由妻子的叫喊声，勇仿佛听出怎么回事儿，觉得那个背信弃义、欺骗了洁的冬实在可恨。勇当即血往上涌，拳头攥得咯嘣响。

勇在一个修理无线电的摊子前找着了冬。勇双眼冒火，一个健步冲过去，劈手抓住冬的前襟，狠狠地抽了他一耳光。

冬摔倒在地，嘴角流着鲜红鲜红的血。冬挣扎着爬起来，却又摔倒在地。冬忘了扶双拐。

患 难 夫 妻

狂风夹裹着咸腥的海水铺天盖地而来，天空阴云翻滚，幻化出无数个恶魔的形象。一个巨浪狠狠地打来，门板摇晃一下，笔直地冲向高空，又被重重地摔向浪谷。女人双手抱住门板，手指几乎抠进木头里，苍白的脸上滚下豆大的汗珠。

昏昏沉沉间，她看到丈夫在艰难地掌控着门板，一边划水，一边缓缓地向岸边推进。因为用力，丈夫的脸扭曲得变了形，两只布满血丝的眼睛正在喷出一团团火来。

她得承认，丈夫是个好水手，当年村里举行游泳比赛时，丈夫一个猛子扎下去，连气都没换就第一个游到了终点，村里德高望重的山根大叔走上前，激动地拍着他的肩膀高兴得胡子直抖："好，好小伙子！"那时，她觉得自己心跳得格外厉害。再后来他们就结了婚。

"呼"的一声，门板一个趔趄，在水中打了个旋儿，又向前漂去。女人略嫌笨重的身体紧紧贴在门板上，觉得天地严重倾斜了，乌云压下来，"哗"地在她头顶撞开，向四周飞溅。门板在丈夫的奋力推动下，一次次向岸边靠拢，然而又一次次被浪涛卷回来。女人清醒地知道，丈夫水性虽好，但现在也已筋疲力尽了。如果只有他一个人，或许还能逃出大海的魔掌，可是若再顾及她，恐怕两人谁也活不了。

女人大口大口地喘着粗气："水生，水生，你自个儿走吧，别管我了！"

"胡说！"男人的眼珠子瞪得吓人，牙齿在下唇上咬出一行鲜红的牙印："你必须活着！你听到了没有？三丫，你这是两条人命啊。"

"不，我不行了，我实在没力气了，水生——水生——"女人有气无力地呻吟着。

"你要坚持住！坚持住！"男人几乎是怒吼了。他在与汹涌的浪涛做着最后的搏斗……

"水生，水生——"昨天夜里，女人也是这样唤着他，那声音极温柔。女人将热气轻轻吐在他脸上，他心里有说不出的温情和惬意。他粗糙的大手在女人那光滑的肚皮上游动着："三丫，孩子快三个月了吧？"

"嗯。"女人幸福地闭着眼睛。

"孩子长大了，咱也让他当个好水手。"

"嗯。"

男人用又粗又硬的黑胡茬子蹭蹭她那细嫩的脸蛋，"嘿嘿"地笑了。女人蜷曲着赤裸的身子偎在男人的怀里，温顺得像一只小猫咪。

又一个浪头翻上来，女人抱着那块破烂的门板，神智恍惚，影影绰绰地看见丈夫拼命划水的样子，心里一阵阵的灼痛："水生，你走吧，我求你了。"

"不行！"男人大喊一声："咱俩活着在一起，死也要死在一起。"

"活着在一起，死也要死在一起。"这句话本来是她说的。早晨起来，她无限深情地对丈夫这样说。当时，男人眼噙泪花，使劲点了点头。

女人也哭了："水生，这一辈子，我不离开你，永远也不离开你了。"

男人不说话，只知道发疯地吻着女人脸上的泪水。那泪水，海水一般的咸。

海风撕裂了天空，黑沉沉的乌云坠落下来，女人艰难地呼吸着。一个大浪袭来，女人又呛了几口水。

忽然，她发现男人的手在发抖，手背上的青筋仿佛要炸裂开来，手指缝里一片殷红……

终于，她害怕的事发生了，只见男人的手猛地一哆嗦，慢慢松开了门板，身体沉了下去——

"水生——"女人声嘶力竭地高喊。但声音完全被呼啸的狂风吞噬了。女人的心仿佛被撕裂一般，顿觉天旋地转，继而昏迷过去。

不知过了多久，女人慢慢睁开眼，眼前是白亮亮的一片。大脑里，仍然满是风暴、怒涛……

"醒了，醒了。"一张张熟悉的面孔在她眼前晃动。她打量一下四周，发现自己躺在一个沙滩上。村里幸存的人们都逃到这里来了。

"三丫，三丫，你醒醒。"山根大叔托起她的头部，用热切的目光望着她——

"三丫，三丫，你看到水生了吗？"

"水生？"女人激灵一下，身子一挺，竟站了起来。她两眼痴痴地平视前方，未等别人明白过来，突然大叫一声，用力拨开人群，疯狂地向大海跑去，一边跑一边大喊："水生，水生，我的水生——"

跑到海边，她并没住脚，直到"扑通"一声，一头栽倒在水里。

海面上冒起一串串气泡。在阳光的照射下，极晶莹。

待到大家七手八脚地将她捞上来时，她早已停止了呼吸，而面容却很安详。

大家无精打采地坐在沙滩上，几个女人在默默地抹眼泪。山根大叔嘴里叼着长长的旱烟袋，一动不动地蹲在一块石头上，如同一座古老的雕塑。

海风吹拂，四周静了下来。

突然，一个嘶哑的声音划破长空，由远而近："三丫，三丫，你在哪里？"

人们一起举目望去，只见一个浑身湿漉漉的男人抱着一块破木头，步履蹒跚地向这边走来，走来……

永 远 的 爱

淑媛是位文文静静的姑娘，端庄俊秀，朴实善良，可迄今还没找到男朋友。

准确地说，并非找不到，而是她不想找。其实追求她的小伙子并不少，各方面条件也很优秀，可淑媛连眼皮都不抬。

转眼之间，淑媛已近大龄，她母亲急得没抓没挠的，便四处给她张罗对象。

在母亲的一再催促下，淑媛也认认真真地见了几个，但一见面就皱眉，很失望的样子。

淑媛最后见的对象叫大牛，一张国字脸，浓眉大眼的，左眼角处有颗明显的痣。虽说长得还凑合，但若和她原先见过的那些小伙子比起来，就相差甚远了。

当初见面时，淑媛在大牛脸上足足看了两分钟，然后就点了头。

有人私下告诉她，听说大牛品行不大好，不仅酗酒，还赌博，你知道吗？

淑媛绷着小脸，面无表情地摇摇头，一副无所谓的样子。

人们便都很奇怪，说淑媛平时挺聪明的，怎么在自己终身大事上却昏了头呢？

父母也劝她，你和大牛的事，我看不行就算了吧！

淑媛仍摇头，沉默不语。

终于，淑媛在一派喜气洋洋的气氛中出嫁了。人们对这桩不般配的婚事，找不出其他理由，便感叹说，这大概就是缘分吧。只是，这么好的姑娘嫁给大牛，太可惜了！

结婚伊始，大牛对淑媛还算可以，日子一久，其劣迹就显露出来。他脾气很不好，且蛮不讲理，还常出去酗酒、赌博，将日子过得一塌糊涂。稍不顺气就伸手打人，淑媛身上经常被打得青一块紫一块的。尽管这样，淑媛仍是一心一意地服侍他，从无怨言。有一次，淑媛做的菜稍稍咸了点儿，便惹得大牛暴跳如雷，"啪"地将碗一摔，对淑媛破口大骂。淑媛也不恼，默默地蹲下身，收拾起破碎的碗碴，到厨房重新给他做……

有人劝她改嫁，她苦笑一下，轻轻摇头。

大家又说，以后他若再打你，你就跟我们说，让我们一起揍这个狼心狗肺的东西。

淑媛哀哀地看着大伙，迟疑了好一会儿，却又表情淡漠地说，这是命啊！

大家见状，也不好再说什么，只是感叹淑媛命苦。

日子就这么一天一天地过着，对淑媛来说，每天都是一个灾难的日子。她很快憔悴下去，前额过早地爬满深深的皱纹。

多年之后，大牛在一次意外的事故中丧生。料理完后事，又有人劝她再嫁，她坚决地谢绝了。终于有一天，她积劳成疾，也撒手人寰。

人们整理她的遗物时，在她贴身衣服里，发现一张两寸的黑白照片。那是一位年轻的小伙子，一张国字脸，浓眉大眼的，右边眼角处有颗明显的痣。

这不是大牛吗？有人惊叫起来，看来她和大牛的感情挺深呢！

不对呀！也有人提出疑问，大牛那颗痣在眼角左边啊，怎么挪到眼角右边去了呢？

是啊，这是怎么回事呢？人们议论纷纷，无论如何也想不明白。

美丽的谎言

城是个挺英俊的小伙子，各方面条件也不错，但迄今还未找到对象。别人介绍了几个，他都觉得不中意。其实，他心中一直暗恋着一位叫娣的女孩。娣生得相当靓丽，高挑的身材，清秀的面容，简直找不出一点瑕疵来。

正因娣太完美了，城才没有勇气向她示爱，城一来到娣面前就耳热心跳，紧张得说不出话来。

朋友云知道了他的心事，便劝他说："你何必那么自卑呢！"

城说："我也不知为什么，一见娣的面就心跳得厉害。"

云又说："娣的条件很好，你的条件也不赖嘛，比方说，你的工作单位不错，在你们公司上班每月工资五千多元。"

"可娣的单位更好啊。"城有点沮丧地说，"娣所在的单位光奖金就快五千元了，而且属于旱涝保收的事业单位。"

"那——"云又想了一下说，"对了，你学历比她高哇，你是本科毕业，而她仅是大专。"

"可她正在自学嘛，她比我小两岁，再过两年也本科毕业了，她比我一点都不差嘛！"

"还有，你的志趣比较广泛，比如说你会打乒乓球、下围棋……"

"别提了，听说娣打乒乓球拿过全市冠军，围棋入了段，而且还会唱歌、跳舞、弹吉他等等，我哪比得上？"

云又认真看了看城，想了一会儿，还真找不出让城自信的地方。顺便提一下，娣是个很有个性的女孩，顶讨厌通过别人介绍谈对象，所以要促成此事只能靠城自己。眼看着城被相思之苦折磨得形容憔悴，云也颇感同情，但一点办法都没有。

最后云叹了口气，快快地走了。

这一天，城上街办事，路过医院时正遇见娣和云从医院里出来。城问云来医院干什么，云眨眨眼睛，将城叫到一边，悄悄地说："我是陪娣来看病的。"

"娣有什么病？"城很好奇地问。

"噢，她的狐臭很厉害呢。"

"是吗？"城有点意外，心想这么完美的女孩也会有狐臭吗？

云和娣走远了，城便想，看来娣也并不是那么完美的，她有狐臭，而我没有，我何必在她面前自卑呢。

于是，"不完美"的城开始追求"不完美"的娣。几个月后他们便结了婚。

新婚之夜，城伏在娣的腋下不住地闻，怎么闻也闻不出有什么异味来，城便问娣你有过狐臭吗？娣嘻嘻地笑起来，说，你才有狐臭呢！城说："既然没狐臭，那你和云到医院去干什么？"

"噢，你说的是那次啊，我们是去探望她表姨的，她表姨住院了。怎么——她没告诉你吗？"

"没——不，告诉了！"城将娣搂在怀里，心里不由得感动起来……

仙 树 显 灵

村南头那棵大榆树显灵的消息，像一阵风似的在小村里传播开来，据说有位仙人附在了老榆树身上，专为人们医治各种疑难杂症。只要心诚，不仅可以得到仙人赐予的仙丹，还能求得难得一见的圣水。

这时正是冬天最冷的时候，寒风凛冽，刮在身上就像刀子刺进骨头里一样疼，所以老榆树下面冷冷清清。

A

得知老榆树显灵的消息时，我正为床上的丈夫准备晚饭。丈夫已在床上躺了好几年了。几年前的一个夏天，他从地里干活回家，忽然来了阵旋风围绕着他打了个旋儿，他便瘫软在地，从此就再也没能站起来。别人都说他是中了邪。为了治好丈夫的病，我决定立刻就去拜拜这棵仙树，或许能为丈夫求点灵丹妙药来。

大概由于天气的原因吧，我来到老榆树跟前时，只见到张老太一个人跪在那里，她面前摆了个红花小瓷碗。看样子她已来了好长时间了。

我也在她身边跪下来，掏出青花小瓷碗摆在面前，先恭恭敬敬地朝老榆树拜了几拜，然后就闭上眼睛默默地祈祷着……

寒风刮得树枝哗哗作响，刺骨的寒意丝丝渗进我心里，我猛然打了个寒战，眼睛不由自主地睁开了。

忽然，我惊呆了，进而欣喜若狂，因为我发现我那青花小瓷碗里竟然盛满了圣水，颜色有点黄，似乎还冒着热气。

在这空旷的榆树下，只有我们两个人，根本不可能有人来过，当然是仙人赐的，而且，圣水在如此寒冷的天气里都没有结冰，就更说明圣水的神奇。

谢天谢地，谢谢大仙，我忙向榆树叩头，感激得五体投地。

这时，旁边的张老太也睁开眼睛，看见了眼前的一切。忽然，她一把将我的小碗抢了过去，将圣水倒进她的碗里，扭头就走，还说："这圣水是我求来的，我今天一大早就来了——"

这不是明抢吗，我当然不干，便发疯地扑过去，张老太一个趔趄，"扑通"一声跌倒在地，小瓷碗摔出老远，登时成了碎片，圣水也流了一地……

"啊——"我和张老太同时发出绝望的叫声。

B

若不是儿子的病，我才不会这么早就来求仙的。儿子从一生下来就迷迷糊糊的，还时常抽羊角风，真是让我操碎了心。为了给他治病，我几乎倾尽了平生的积蓄，连家里耕地的牛都卖了，可最终也没医好儿子的怪病。

一听到村南头的老榆树显灵的消息，我立刻就拿了个红花小瓷碗跑来了，天气虽然冷得厉害，但我一点都没放在心上。说心里话，若能治好儿子的病，就是搭上我这条老命都心甘情愿，天气冷点儿算什么。

来到老榆树下时只有我一个人，我相信，仙人一定会被我的诚心打动的。

我就这样一动不动地跪了大半天，过了好久才看见本村的王老太也来了，就跪在了我的身边。

我可没工夫与她搭话，我必须不停地祷告，若不然就显得我的心不够虔诚了。于是我又闭上眼睛继续祈祷——

过了一会儿，忽听旁边的王老太惊叫一声，我被吓了一跳，睁开眼一看，才发现她的小碗中盛满了圣水。

我也惊呆了，我的第一反应就是，一定是我的诚心感动了仙人，这些圣水是赏赐给我的，只是仙人一时疏忽，将圣水放错了小碗。

看着比生命还要金贵的圣水，我的眼睛红了——这原本是属于我的东西，绝不能让这个王老太拿走。

想到这里，我抢先将她的小碗端过来，将圣水倒进我的小碗里，起身便走——我还要赶紧回去为我的儿子治病。

就在这时，王老太仿佛疯了似的，猛地扑到我身上，我猝不及防，一下子摔倒在地，小碗也被扔出老远，圣水淌了一地……

"啊——"我和王老太同时发出绝望的叫声。

C

今天一大早我就逃出来了。

我一直瞒着父亲我期末考试不及格的消息。父亲的脾气很暴躁，若让他知道了还不打死我。然而这个消息终于还是暴露了，父亲今天一早收拾东西时，蓦然发现了我压在床铺底下的试卷。他立时暴跳如雷，拎着条棍子就向我冲过来——我当时还算机灵，抢先一步蹿出家门，一溜烟儿地向村外跑去，很快将父亲落下老远。跑到村头时，忽发现附近没有了遮掩之物，我到何处藏身呢？父亲的脚步声越来越近，我的心急得快要跳出来了，就在这时，我发现了村头那棵老榆树，来不及多想，我三两下即爬到了树上。刚在一个较大的树枝后隐住身子，父亲就急匆匆地找来了。他在树下停住脚，四下里寻找着。我屏住呼吸，将心提到了嗓子眼……

谢天谢地！他终于没有发现我。我见他只是恨恨地跺了跺脚，就离去了。

就在我准备下去的时候，忽见本村的张老太匆匆忙忙地赶来了，我本想等她离去再下树，没想到，她却在树下跪了下来，而且一跪就是大半天。

后来，本村的王老太也来了，也与她并排跪在树下，也不知她们要干什么。

我可不想让她们看见我，若不然她们肯定会将我交到我父亲手里的。

我在树上多待一会儿倒是没什么，只是觉得有一股尿意强烈地冲击着我，让我非常难受。这泡尿已憋了许久了。

终于，我再也憋不住了，尿水止不住地流在了我裤子里，然后顺着裤腿往树下滴去，不偏不倚，正落在王老太那个青花小瓷碗里……